小《しょう》説《せつ》
星《ほし》降《ふ》る王《おう》国《こく》のニナ

リカチ／原作・絵
もえぎ桃《もも》／文

講談社 青い鳥文庫

CONTENTS

目《もく》次《じ》

CHARACTERS
登場人物《とうじょうじんぶつ》

アズール

フォルトナの第《だい》二王子《おうじ》。
教育係《きょういくがかり》としてニナを姫《ひめ》の
身代《みが》わりに育《そだ》て上《あ》げる。

ニナ

瑠璃色《るりいろ》の瞳《ひとみ》の、身寄《みよ》りのない少女《しょうじょ》。
フォルトナの姫巫女《ひめみこ》アリシャの
身代《みが》わりとして生《い》きることに。

フォルトナ国王《こくおう》

アズール、アリシャ、
ムフルムの父《ちち》で
フォルトナの国王《こくおう》。

フォルトナ王妃《おうひ》

第《だい》一王子《おうじ》
ムフルムの母《はは》。

ムフルム

フォルトナの第《だい》一王子《おうじ》。

第《だい》一夜《や》　罪《つみ》の始《はじ》まり

ここはフォルトナ国《こく》の城下《じょうか》、ダヤ。

小高《こだか》い丘《おか》の上《うえ》には、街《まち》を見下《みお》ろすように美《うつく》しい宮殿《きゅうでん》が建《た》っている。

そこからゆるい坂《さか》にそって広《ひろ》がっているのは、石畳《いしだたみ》の道《みち》と石造《いしづく》りの家々《いえいえ》。

ダヤの街並《まちな》みには、ひとつの特徴《とくちょう》があった。

上《うえ》に行《い》けば行《い》くほど家《いえ》は大《おお》きく立派《りっぱ》になっていき、下《した》に行《い》けば行《い》くほど家《いえ》は小《ちい》さくみすぼらしくなっていく。

つまり高《たか》い場所《ばしょ》にはお金持《かねも》ちが住《す》み、低《ひく》い場所《ばしょ》には貧乏人《びんぼうにん》が住《す》む、そんな街《まち》。

そして丘《おか》の中腹《ちゅうふく》よりちょっと上《うえ》、そこそこ裕福《ゆうふく》な人《ひと》たちが住《す》むあたり。

「どろぼーっ！」

「待《ま》てぇー！」

ボロを着《き》た少年《しょうねん》が、大人《おとな》たちに追《お》われ、転《ころ》がるように坂道《さかみち》を駆《か》け下《お》りてくる。

追《お》われている理由《りゆう》は、今《いま》しがた盗《ぬす》んだばかりの巾着袋《きんちゃくぶくろ》だ。

長《なが》い前髪《まえがみ》で顔《かお》をおおい隠《かく》しているが、年《とし》のころは十四、五歳《さい》といったところ。

息《いき》を切《き》らしながら全力《ぜんりょく》で走《はし》っていると、橋《はし》の下《した》から同《おな》じようなボロを着《き》た少年《しょうねん》に名前《なまえ》を呼《よ》ばれた。

「ニナ、こっち！」

ニナ。それがどろぼうの名前《なまえ》。

橋《はし》の下《した》で名前《なまえ》を呼《よ》んだ少年《しょうねん》は、ニナよりすこし年上《としうえ》のサジだ。

ふたりは追《お》っ手《て》をまいて、下《した》へ下《した》へと逃《に》げていき、やがて街《まち》の最下層《さいかそう》にある自分《じぶん》たちの家《いえ》にたどり着《つ》いた。

ドアもなく、土間《どま》にぼろぼろの布《ぬの》を敷《し》いただけの狭《せま》くてお粗末《そまつ》な造《つく》りの家《いえ》。

「おかえり。サジ、ニナ。」

小《ちい》さな寝床《ねどこ》で迎《むか》えてくれたのは、ふたりよりずっと幼《おさな》い男《おとこ》の子《こ》、コリン。

体《からだ》が弱《よわ》く、一日《いちにち》のほとんどを家《いえ》の中《なか》で過《す》ごしている。

「ただいまコリン。起《お》き上《あ》がって平気《へいき》なのか？」

タッ
トンッ
ニナ
大丈夫か!?
見た!?
かっこよかったろ
じいい〜ん
無理すんな

「うん。調子《ちょうし》いいんだ。」

ニナが聞《き》くと、コリンが笑顔《えがお》を見《み》せる。

ニナ。サジ。コリン。三人《にん》とも孤児《こじ》で、サジとコリンは本当《ほんとう》の兄弟《きょうだい》だ。

五年前《ねんまえ》、流行病《はやりやまい》でバタバタと人《ひと》が死《し》に、ニナの両親《りょうしん》も、サジとコリンの両親《りょうしん》も亡《な》くなった。

頼《たよ》れる大人《おとな》はひとりもおらず、三人《にん》で助《たす》け合《あ》いながらその日暮《ひぐ》らしを続《つづ》けている。

「あ──腹《はら》へったな〜。」

育《そだ》ち盛《ざか》りで、いつもお腹《なか》を空《す》かせているサジが言《い》う。

その横《よこ》で、コリンがニナの盗《ぬす》んだ巾着袋《きんちゃくぶくろ》を開《あ》けた。

「けっこう入《はい》ってるみたいだよ。……ニナ、これ！　ニナの目《め》と一緒《いっしょ》！　夜明《よあ》け前《まえ》の深《ふか》い瑠璃色《るりいろ》だ。」

コリンが弾《はず》んだ声《こえ》を上《あ》げる。中《なか》に入《はい》っていたのは、まるでお姫《ひめ》さまがつけるような美《うつく》しい腕輪《うでわ》だった。

透《す》き通《とお》った青《あお》い宝石《ほうせき》がはめこまれていて、光《ひかり》を反射《はんしゃ》してキラキラと輝《かがや》いている。

コリンが見比《みくら》べるように、その宝石《ほうせき》をニナの顔《かお》の横《よこ》にかかげた。

ニナの瞳《ひとみ》も、宝石《ほうせき》と同《おな》じ澄《す》んだ青色《あおいろ》をしている。

青《あお》い瞳《ひとみ》に、青《あお》い宝石《ほうせき》。

「や、やめろよ。」

見《み》られていることに気《き》づいたニナが、あわてて前髪《まえがみ》をくしゃくしゃにして目《め》を隠《かく》した。

「すごくきれいなのに、隠《かく》しちゃうのもったいないなー。」

コリンが残念《ざんねん》がると、すかさずサジがツッコむ。

「ばぁか！　隠《かく》してねぇと人買《ひとか》いの餌食《えじき》なんだよ！　こんな目《め》はめずらしいんだ。めったにいないから、ほしがる金持《かねも》ちも多《おお》いんだぞ。」

サジもコリンも茶色《ちゃいろ》の瞳《ひとみ》だが、ニナだけは青《あお》い瞳《ひとみ》。コリンはきれいと言《い》ってくれるけど、ひとりだけちがうのは、ちょっと複雑《ふくざつ》な気分《きぶん》だ。

「ニナ、ハイ。」

「えっ。」

屈託《くったく》のない笑顔《えがお》で、コリンが腕輪《うでわ》を差《さ》し出《だ》してくる。

「似合《にあ》うから、きっと。」

ニナはすこし迷《まよ》ってから……美《うつく》しい腕輪《うでわ》に、手《て》を通《とお》してみる。

腕輪《うでわ》はうっとりするほどきれいで、なんだか胸《むね》がドキドキする。

でもやせこけた腕《うで》には大《おお》きすぎるし、女《おんな》の子《こ》っぽいことをしているのが気恥《きは》ずかしくて、すぐに外《はず》してしまった。

「なぁんだよ～。つけてりゃいいじゃん。」

「つ、つけねぇよバーカッ。こんなのっ‼　似合《にあ》わないしっっ‼!」

そこをサジに見《み》られて、ますます恥《は》ずかしい。

「食事作《メシつく》るっ。」

赤《あか》くなった顔《かお》をごまかすように、小《ちい》さなかまどに向《む》かった。

「えっ。」

「やめてっ。ニナ作《つく》るのひどいんだからー。僕《ぼく》がやるから──っ。」

サジとコリンがあわてて止《と》める。

それを無視《むし》してでき上《あ》がったのは、味《あじ》のうすいスープ。

「まずいーっ。」

サジが苦労《くろう》して飲《の》みこみ、その横《よこ》でコリンが「ねーっ。」と笑《わら》う。

これが、ニナの日常《にちじょう》だった。

サジとふたりで上《うえ》の街《まち》へ盗《ぬす》みに行《い》き、家《いえ》に帰《かえ》ればコリンが待《ま》っていてくれる。

いつも空腹《くうふく》でお金《かね》もなかったけれど、居心地《いごこち》はよくて、なにより笑《わら》っていられた。

貧《まず》しいけれど、幸《しあわ》せな日々《ひび》。

……そんな毎日《まいにち》が、突然《とつぜん》、終《お》わりを告《つ》げた。

コリンが風邪《かぜ》を引《ひ》いたのだ。

体調《たいちょう》はあっという間《ま》に悪化《あっか》して、起《お》き上《あ》がれなくなった。

「熱《ねつ》がぜんぜん下《さ》がらない。食《た》べ物《もの》も全部《ぜんぶ》吐《は》いちまう……。——もう……だめなんだ……。」

熱《ねつ》にうかされるコリンを見《み》て、サジがつぶやく。

「なに言《い》ってんだよ、まだわかんないだろ！　医者《いしゃ》とかに診《み》せれば……！」

「どこにそんな金《かね》あんだよ！　ムダだよ！」

サジが強《つよ》い言葉《ことば》でニナに言《い》い返《かえ》した。

「こういうの『星《ほし》の下《した》』って言《い》うんだよな。貧《まず》しいのはそういう『星《ほし》の下《した》』。金持《かねも》ちなのもそういう『星《ほし》の下《した》』。なにもかも生《う》まれたときに決《き》められてるんだ。」

サジの声《こえ》には、あきらめと怒《いか》りがにじんでいる。

「そ……そんなことない……!!　おれたちだっていつかは――。」

「いつかは？　コリンには明日《あした》があるのかもわからねぇのに。いつかなんてのはさ、無責《むせき》任《にん》な他人《たにん》だから言《い》えるんだ!!」

無責任《むせきにん》な他人《たにん》。もちろん、サジだってそんなことを本気《ほんき》で思《おも》っているわけじゃない。

コリンを救《すく》えないいらだちを、やつ当《あ》たりのようにニナにぶつけただけだ。

でも、ニナの心《こころ》を傷《きず》つけるのにはじゅうぶんだった。

「もういい!!　おれがなんとかしてくるしっ。サジのバカッ。」

ニナはひとりで街《まち》へ飛《と》び出《だ》した。

金《かね》を作《つく》って医者《いしゃ》に診《み》せれば、きっとコリンは治《なお》る。そうしたら、またいつものサジに戻《もど》ってくれるはず。

だけど、あせったニナは店先《みせさき》の商品《しょうひん》を盗《ぬす》もうとして、あっさりつかまってしまう。
「坊主《ぼうず》!! 次《つぎ》、盗《ぬす》んだらしょうちしねぇからな!!」
「ドブネズミが!!」
街《まち》の人間《にんげん》にしこたま殴《なぐ》られて、冷《つめ》たい石畳《いしだたみ》の道《みち》にほうり出《だ》された。
ジンジンとした痛《いた》み、どうにもならない現実《げんじつ》。
足《あし》を引《ひ》きずりながら、家《いえ》への坂道《さかみち》を下《くだ》る。
(……バカは自分《じぶん》だ。つらいのは本当《ほんとう》の兄弟《きょうだい》のサジなのに。)
痛《いた》みに耐《た》えかね、よろよろと水《みず》くみ場《ば》にしゃがみこむ。
その水面《すいめん》に、傷《きず》だらけの自分《じぶん》の顔《かお》が映《うつ》った。
(みんなとちがう青《あお》い目《め》――。)
はれ上《あ》がったまぶたからのぞくのは、サジともコリンともちがう色《いろ》。
(……ひとりぼっちなんだった……。)
青《あお》い瞳《ひとみ》から、大粒《おおつぶ》の涙《なみだ》がこぼれる。
(だれか……たったひとりでいいから。だれか……そばに……いて。)

さびしかった。

「父《とう》さん……母《かあ》さん……。」

ニナの涙《なみだ》に誘《さそ》われたように、ポツポツと冷《つめ》たい雨《あめ》が降《ふ》りはじめた。

雨《あめ》はダヤの街《まち》だけでなく、山々《やまやま》をおおうように広《ひろ》い範囲《はんい》で降《ふ》り続《つづ》け、険《けわ》しい山道《やまみち》をさらに悪路《あくろ》にしていた。

その悪路《あくろ》で、一台《だい》の馬車《ばしゃ》が崖《がけ》の下《した》に転落《てんらく》した。

草一本生《くさいっぽんは》えていない岩《いわ》だらけの断崖絶壁《だんがいぜっぺき》で、雨《あめ》で道《みち》を踏《ふ》み外《はず》したのだろう。

降《ふ》り止《や》まぬ雨《あめ》の中《なか》、黒《くろ》いマントを着《き》たふたりの男《おとこ》が、落《お》ちた馬車《ばしゃ》を見下《みお》ろしていた。

馬車《ばしゃ》は半壊《はんかい》し、二頭《とう》の馬《うま》と御者《ぎょしゃ》は一見《いっけん》して死《し》んでいるのがわかる。

「――姫《ひめ》は……？」

「あれでは生《い》きてはいまい。」

痛《いた》ましい光景《こうけい》だが、男《おとこ》の口調《くちょう》は冷《ひ》ややかで、目深《まぶか》にかぶったフードからは灰金色《きんいろ》に光《ひか》る目《め》がのぞいている。

「――まさかこんなことになるとは……。」

「どうしますか。」

「このことは知《し》られてはならぬ。なんとかするしかあるまい……。早急《さっきゅう》に身代《みが》わりを立《た》てるほかない。」

「――……。」

「――アリシャ……。」

アリシャ。

それが、馬車《ばしゃ》に乗《の》っていた姫《ひめ》の名前《なまえ》だった。


ようやく雨《あめ》が止《や》み、日差《ひざ》しが戻《もど》ってきたころ。

コリンは静《しず》かに息《いき》を引《ひ》き取《と》り、簡素《かんそ》な墓地《ぼち》に埋葬《まいそう》された。

葬式《そうしき》らしい儀式《ぎしき》もなく、見送《みおく》るのはサジとニナのふたりだけ。

「――……。」

弟《おとうと》を失《うしな》ったサジが、やつれた顔《かお》で墓石《はかいし》の前《まえ》にたたずむ。

深《ふか》く考《かんが》えこむように、ずいぶんと長《なが》いあいだそうしていた。

「ニナ……こないだはごめん……。」

ようやく向《む》き直《なお》ったサジが、ニナにあやまった。

「あっ……こ……こっちのほうこそ……!!　ごめんっ。」

久《ひさ》しぶりに口《くち》をきいてくれて、ニナはホッとするが、サジの表情《ひょうじょう》は暗《くら》いままだ。

「――……ちょっとさ。一緒《いっしょ》に来《き》てもらいたいとこあるんだ。」

「いいよ、もちろん!!」

サジに連《つ》れていかれたのは、街外《まちはず》れにぽつんとある廃屋《はいおく》だった。

「ここ？　なんだ？　盗《ぬす》み……に入《はい》るわけじゃないよな……？」

だれも住《す》んでいる様子《ようす》はなく、金目《かねめ》のものや食料《しょくりょう》があるようにも見《み》えない。

「――……やっぱさ、このままじゃだめだよな。おれもおまえも。」

ぼそぼそとつぶやきながらサジが廃屋《はいおく》の中《なか》へと入《はい》り、ニナもその後《あと》についていく。

ほこりっぽくてうす暗《ぐら》くて、転《ころ》がっているのはガラクタばかり。

「サジ？」

「わかったんだ……こうするのがいちばんだって。」

不思議《ふしぎ》がるニナをふり返《かえ》らずに、サジはそのまま裏口《うらぐち》へと向《む》かう。

「……ごめん、ニナ。」

最後《さいご》までニナを見《み》ずに、サジが裏口《うらぐち》から出《で》ていった。

瞬間《しゅんかん》、ざわっと鳥肌《とりはだ》が立《た》つ。背後《はいご》にだれかいる。

(売《う》られた。人買《ひとか》いだ!)

とっさに、サジを追《お》って走《はし》りだした。

「あっ。」

だが数歩《すうほ》も行《い》かないうちに強《つよ》い力《ちから》で腕《うで》をつかまれ、そのまま乱暴《らんぼう》に床《ゆか》に叩《たた》きつけられる。

「うっ。」

背中《せなか》をしこたま打《う》ち、ニナがうめく。

「手荒《てあら》なまねはするな。傷《きず》つけては元《もと》も子《こ》もない。」

「は。申《もう》し訳《わけ》ありません。」

人買《ひとか》いは黒《くろ》いマントの男《おとこ》ふたり。目深《まぶか》にかぶったフードと、冷《ひ》ややかな口調《くちょう》。

ニナは知《し》るよしもないが、崖《がけ》の上《うえ》で話《はなし》をしていた男《おとこ》たちだ。

（サジ……サジ。サジ。どうして？　そんなに腹立《はらた》ててた？　邪魔《じゃま》になった？　コリンがもういないから……。）

家族《かぞく》のように暮《く》らしていたのに、コリンが死《し》んだとたん、サジは自分《じぶん》を売《う》った。

（胸《むね》が……胸《むね》が痛《いた》くて死《し》んじゃう……。）

ぽろぽろと涙《なみだ》がこぼれる。

「この小僧《こぞう》、泣《な》いてるのか？」

「こわいのでしょう……まだ少年《しょうねん》のようですし……。」

「まぁいい。それより目《め》だ。話《はなし》に聞《き》いたとおりであれば。」

人買《ひとか》いが、ニナの髪《かみ》の毛《け》をわしづかみにする。

「目《め》を見《み》せろ。」

「あ。」

強《つよ》く引《ひ》っ張《ぱ》られ、痛《いた》みで目《め》を開《あ》ける。

「……なるほど。たしかに青《あお》い。」

目《め》の前《まえ》に、人買《ひとか》いの顔《かお》があった。

（灰金色《きんいろ》の目《め》……獣《けもの》の目《め》の色《いろ》だ……。）

人買《ひとか》いの瞳《ひとみ》は灰金色《きんいろ》で、うす暗《ぐら》い中《なか》でほのかに光《ひかり》を帯《お》びている。

まるで暗闇《くらやみ》に光《ひか》る獣《けもの》の目《め》のようで、恐《おそ》ろしかった。

「それにしても汚《きたな》いな。におってかなわん。脱《ぬ》がして着替《きが》えを。」

「はっ。」

灰金目《きんめ》の男《おとこ》が指示《しじ》を出《だ》すのを聞《き》いて、ニナはギョッとした。

（えっ……。）

脱《ぬ》がして着替《きが》え？

命令《めいれい》された男《おとこ》が、ニナの服《ふく》に手《て》をかける。

「わっ。やめろっ。」

男《おとこ》の手《て》が問答無用《もんどうむよう》で服《ふく》をはぎ取《と》ろうとする。

その腕《うで》にがぶりとかみつくと、一目散《いちもくさん》に出口《でぐち》へと走《はし》った。

「痛《いて》！　こいつ待《ま》てっ。」

「──チッ。手《て》をわずらわせるな！」

灰金目《きんめ》の男《おとこ》に足《あし》を引《ひ》っかけられて転倒《てんとう》し、あっけなくまたつかまってしまう。

「放《はな》せえっっ。」

「おとなしくしろっ。その汚《きたな》い服《ふく》を取《と》り替《か》えるだけだ！」

全力《ぜんりょく》で暴《あば》れるが、むりやり服《ふく》を引《ひ》っ張《ぱ》られ、もとからくたびれていた生地《きじ》は簡単《かんたん》に破《やぶ》けてしまう。

「いやだっ。やめて！　やだぁっ。」

やせた上半身《じょうはんしん》があらわになると、人買《ひとか》いたちは言葉《ことば》を失《うしな》った。

「──女《おんな》？　……か……。」

少年《しょうねん》だと思《おも》っていたが、胸《むね》のふくらみはたしかに少女《しょうじょ》のもの。

「なぜ男《おとこ》のような格好《かっこう》を……。」

灰金目《きんめ》の男《おとこ》も、さすがに驚《おどろ》いたらしい。

女《おんな》の子《こ》だとバレたら、きれいな目《め》をしたニナはきっと人買《ひとか》いにさらわれてしまう。

そう心配《しんぱい》したサジの提案《ていあん》で、ニナはずっと男《おとこ》の子《こ》のふりをして生《い》きてきたのだ。

「この目《め》ですし孤児《こじ》ですし……人買《ひとか》いをさけるためかもしれません。どうしますか？」

「どうもこうも好都合《こうつごう》だ。女装《じょそう》をさせる必要《ひつよう》もない。つなぎにして次《つぎ》を探《さが》す必要《ひつよう》もない。」

灰金目《きんめ》の男《おとこ》が、目《め》の青《あお》さをもう一度《いちど》確《たし》かめるようにニナの前《まえ》にしゃがみこんだ。

「——おい娘《むすめ》。」

冷酷《れいこく》な獣《けもの》の目《め》が、青《あお》い瞳《ひとみ》を見《み》つめる。

「おまえは今日《きょう》死《し》ぬ。」

ふたりの視線《しせん》が交《まじ》わり、氷《こおり》のように冷《つめ》たい声《こえ》が告《つ》げる。

「……そして、王女《おうじょ》として生《い》きるんだ。」


数日後《すうじつご》。大理石《だいりせき》に平織《ひらお》りの絨毯《じゅうたん》が敷《し》かれた床《ゆか》に、高《たか》い天井《てんじょう》。凝《こ》った装飾品《そうしょくひん》に彩《いろど》られた宮《きゅう》殿《でん》の離《はな》れに、似《に》つかわしくない大声《おおごえ》が響《ひび》く。

「こらっ。お待《ま》ちなさい!!」

女官《にょかん》ふたりが、ニナをつかまえようとバタバタと走《はし》り回《まわ》っていた。

おまえは今日死ぬ
そして
王女として生きるんだ

「待《ま》てって言《い》われて待《ま》つかってんだ！」

捨《す》て台詞《ぜりふ》を吐《は》いて、ニナはさらに逃《に》げるが……。

ビターン！　長《なが》いスカートに足《あし》を引《ひ》っかけ、盛大《せいだい》に転《ころ》んでしまう。

「なんの騒《さわ》ぎだ。」

そこに入《はい》ってきたのは、一見《いっけん》して位《くらい》の高《たか》い人間《にんげん》とわかる出《い》で立《た》ちの男《おとこ》。

黒髪《くろかみ》で背《せ》は高《たか》く顔立《かおだ》ちは美《うつく》しく、瞳《ひとみ》は灰金色《きんいろ》。光沢《こうたく》のある長《なが》い羽織《はおり》に、瞳《ひとみ》と同《おな》じ色《いろ》の耳《みみ》
飾《かざ》りをつけている。

ニナをさらった、あの灰金目《きんめ》の人買《ひとか》いである。

「アズールさま！　あの……それが……。」

鼻《はな》を押《お》さえながら、ニナが「いてて～。」と起《お》き上《あ》がった。

その姿《すがた》を見《み》て、灰金目《きんめ》、いやアズールが息《いき》をのむ。

花《はな》のついた髪飾《かみかざ》りに、贅沢《ぜいたく》な刺繍《ししゅう》が施《ほどこ》されたドレス。

長《なが》い付《つ》け毛《げ》も自然《しぜん》となじみ、土《つち》まみれだった顔《かお》も陶器《とうき》のように白《しろ》くなめらか。

澄《す》んだ青《あお》い瞳《ひとみ》は、吸《す》いこまれそうなほど美《うつく》しい。

「……これがあの小汚《こぎたな》い小僧《こぞう》。」

まるで本物《ほんもの》の姫君《ひめぎみ》……と思《おも》ったと同時《どうじ》に、ニナが怒鳴《どな》った。

「おまえっ。あのときの灰金目《きんめ》っ。」

みごとな変身《へんしん》ぶりと思《おも》ったのは一瞬《いっしゅん》だけで、口《くち》を開《ひら》くと小僧《こぞう》のままだった。

「外見《がいけん》はどうあれ中身《なかみ》が変《か》わるはずもないか……。」

アズールが、はーっと深《ふか》いため息《いき》をつく。

「なんだよっ。おまえいったいなんでこんな……。」

「しゃがめ、小娘《こむすめ》。」

プンプン怒《おこ》っているニナに、アズールが剣《けん》を向《む》けた。鞘《さや》に入《はい》ったままとはいえ、首元《くびもと》に剣《けん》を当《あ》てられてはしたがうしかなく、ニナはしぶしぶひざをつく。

「いっさいの口《くち》ごたえを許《ゆる》さぬ。これよりおまえは、この国《くに》の姫巫女《ひめみこ》アリシャになりかわる。星《ほし》の神《かみ》のごとき深《ふか》き青《あお》――、瑠璃色《るりいろ》の瞳《ひとみ》を持《も》つ美《うつく》しい王女《おうじょ》だ。」

あのときと同《おな》じ冷《つめ》たい声《こえ》が、今度《こんど》は圧倒的《あっとうてき》な貴族《きぞく》の品格《ひんかく》をともなって耳《みみ》に響《ひび》く。

「三月《みつき》のあいだ、姫《ひめ》として作法《さほう》を学《まな》び、美《うつく》しく着飾《きかざ》り、その三月《みつき》のち大国《たいこく》ガルガダの王位《おうい》継承権《けいしょうけん》を持《も》つ第一王子《だいいちおうじ》のもとへ嫁《とつ》ぐのだ。……だが決《けっ》して偽者《にせもの》とバレてはならぬ。それがおまえの役目《やくめ》だ。よいな？」

姫《ひめ》としての作法《さほう》。ガルガダの王子《おうじ》。偽者《にせもの》。……ようやくニナは、ここに連《つ》れてこられた理由《りゆう》を理解《りかい》した。

自分《じぶん》と同《おな》じ青《あお》い目《め》をしたお姫《ひめ》さまの、身代《みが》わりになる。

……わかったけれど、気《き》に食《く》わなかった。誘拐《ゆうかい》されたことも、肩《かた》に置《お》かれた剣《けん》も、すべてが気《き》に食《く》わなくて、ムクムクと怒《いか》りがわいてくる。

パンッ！　怒《いか》りのままに、肩《かた》に当《あ》てられた剣《けん》を思《おも》いっきりけり上《あ》げた。

剣《けん》はくるくると回転《かいてん》し、ニナの手元《てもと》に落《お》ちてくる。

その剣《けん》をパシッと受《う》け止《と》めると、ピタリとアズールに向《む》けた。

「おまえはえらい人《ひと》なのかもしれないけどっ。おれに頼《たの》む立場《たちば》なんだからな！」

貴族《きぞく》に剣《けん》を向《む》けるなんて殺《ころ》されても文句《もんく》は言《い》えないが、今《いま》のニナにはこわいものなぞひとつもない。コリンが亡《な》くなり、サジに裏切《うらぎ》られ、失《うしな》うものはなにもないのだ。

「――……つかを向《む》けてどうする。」

パーン
ぱしっ
おまえは
偉い人なの
かもしれない
けどっ

「あっ。」

脅《おど》したつもりが、剣《けん》のつかのほうを突《つ》きつけていた。

「と、とにかく態度《たいど》あらためろ！　それで灰金目《きんめ》!!　何者《なにもの》か言《い》え!!　じゃなけりゃ、なにもやんねーし、帰《かえ》ってやる!!」

「はて。貧乏人《びんぼうにん》に帰《かえ》る所《ところ》なぞあったか。」

「おまっっ。」

アズールはニナの無礼《ぶれい》を軽《かる》く受《う》け流《なが》すと、特《とく》に怒《おこ》った様子《ようす》もなく、話《はなし》を続《つづ》けた。

「ふむ……。だが言《い》い分《ぶん》は理解《りかい》した。礼《れい》を欠《か》いたことは詫《わ》びよう。」

詫《わ》びているようにはぜんぜん見《み》えないが、ニナの文句《もんく》に耳《みみ》をかたむけてくれたらしい。

「姫《ひめ》。わたしはあなたの教育係《きょういくがかり》――そして三月《みつき》のあいだの主《あるじ》――。」

ニナを姫《ひめ》と呼《よ》ぶ、灰金目《きんめ》の教育係《きょういくがかり》。

「フォルトナ国第二《こくだい》王子《おうじ》、アズール・セス・フォルトナ。」

人買《ひとか》いだと思《おも》いこんでいたこの男《おとこ》は……フォルトナの第《だい》二王子《おうじ》であった。

フォルトナ国第二王子
アズール・セス・フォルトナ

第《だい》二夜《や》　偽《いつわ》りの謁見《えっけん》

人買《ひとか》いだと思《おも》っていた男《おとこ》が言《い》った。

——おまえはこれから王女《おうじょ》として生《い》きるんだ。

——そして三月《みつき》のち、大国《たいこく》ガルガダへと嫁《とつ》ぐ。

孤独《こどく》なニナは、亡《な》くなった王女《おうじょ》アリシャの身代《みが》わりとして、まばゆい王宮《おうきゅう》で、美《うつく》しく着《き》飾《かざ》り、まるでおとぎ話《ばなし》のような——……暮《く》らしをするのかと思《おも》ったが、現実《げんじつ》は夢物語《そんな》ではまるでなかった。

窮屈《きゅうくつ》なドレスを着《き》せられ、顔《かお》に化粧《けしょう》をされ、かつらをかぶせられ、しかも……。

「何度《なんど》言《い》えばわかるんだ！　ちがう！　そんな乱暴《らんぼう》な『ハイ』はない!!　もう一度《いちど》!!」

「ぴゃい。」

アズールに怒《おこ》られて、思《おも》わず声《こえ》が裏返《うらがえ》る。

（灰金目《きんめ》めーっ。朝《あさ》からずっとずっとずっとずっと、おんなじことずっとずっと言《い》わせやがって!!)

一日中《いちにちじゅう》お姫《ひめ》さま教育《きょういく》で、とにかく怒《おこ》られっぱなし。

(この悪党《あくとう》め!!! この国《くに》の王子《おうじ》とか言《い》ってたけど王子《おうじ》なんて見《み》たことねぇし! 人買《ひとか》いだし! 詐欺師《さぎし》だし。)

むぐぐとふてくされた顔《かお》をアズールに向《む》ける。

「なんだその顔《かお》は……。」

「いっぺんにいろいろ言《い》われたって覚《おぼ》えられるもんかっ。だいたい字《じ》なんて読《よ》めねーし、書《か》けねーし。」

本《ほん》なんて、初《はじ》めてさわったくらいだ。

「だから今《いま》は、簡単《かんたん》な文句《もんく》のくりかえししかしてないだろう。とりあえずの急《きゅう》ごしらえだ。」

「急《きゅう》ごしらえ?」

ニナが首《くび》をかしげる。

「三日後《みっかご》に、国王《こくおう》への謁見《えっけん》があるからな。」

「えっけん!? 謁見《えっけん》って『会《あ》う』ってことなんだっけ? 大丈夫《だいじょうぶ》なのか!? 身代《みが》わりのこ

と知《し》ってんのか⁉　おれ、そんなにアリシャってやつに似《に》てるのか⁉」

いきなりすぎて驚《おどろ》いてしまう。

「いえちっとも。」「まったく。」

即答《そくとう》したのは、ニナのわんぱくぶりに手《て》を焼《や》いている女官《にょかん》ふたりである。

「似《に》てるのはその瞳《ひとみ》の色《いろ》だけだ。」

アズールが言《い》い、年配《ねんぱい》の女官《にょかん》がその後《あと》をついで説明《せつめい》してくれた。

「アリシャさまは亡《な》き第《だい》三王妃《おうひ》の娘《むすめ》でしたが、生後間《せいごま》もなく星《ほし》の巫女《みこ》の跡継《あとつ》ぎに決《き》まったため、星離宮奥《ほしりきゅうおく》で育《そだ》ったのです。新巫女《しんみこ》のお披露目《ひろめ》は、十六歳《さい》になって初《はじ》めての『星祭《ほしまつ》り』におこなわれます。それまでは星離宮《ほしりきゅう》の外《そと》へは出《で》ない決《き》まりですので、直接顔《ちょくせつかお》を知《し》る者《もの》は離宮《りきゅう》の奥《おく》の者《もの》とほか、わずかしかいないのです。」

「こたびは十六歳《さい》を前《まえ》に還俗《げんぞく》することになりましたので……嫁《とつ》ぐために。」

若《わか》い女官《にょかん》がさらに説明《せつめい》を付《つ》け足《た》す。この年配《ねんぱい》の女官《にょかん》と若《わか》い女官《にょかん》のふたりが「離宮《りきゅう》の奥《おく》の者《もの》」ということらしい。

つまり、本物《ほんもの》のアリシャを知《し》る者《もの》は、ここにはほとんどいないというわけだ。

女官《にょかん》たちの話《はなし》に、ふとニナの思《おも》い出《で》がよみがえった。

星祭《ほしまつ》りはランタンに火《ひ》を灯《とも》して願《ねが》いごとを祈《いの》る、フォルトナの伝統的《でんとうてき》な祭《まつ》りだ。

(幼《おさな》いころは、父《とう》さん母《かあ》さんがいた……。)

両親《りょうしん》と見《み》た、ランタンの灯《あか》りの数々《かずかず》。

——ニナ。あれは願《ねが》いの灯《あか》り。願《ねが》うんだよ。星《ほし》の巫女《みこ》が祈《いの》りをささげるんだ。

父《とう》さんと母《かあ》さんのやさしい声《こえ》。

(去年《きょねん》はサジたちと……。)

めずらしくコリンの体調《たいちょう》がよくて、三人《にん》で街《まち》に出《で》かけた。

——ねぇねぇ。今年《ことし》はなにを願《ねが》う？

——新《あたら》しいランタンがねーよ。金《かね》があればなぁ〜〜。

なにも買《か》えなかったけれど、見《み》るだけで楽《たの》しかった。

昔《むかし》のことを思《おも》い出《だ》してぼんやりしてしまい、アズールに「おい、聞《き》いてるか？」と注意《ちゅうい》されてハッとなる。

「あ～。え～と、でも～。」

「しかたない。無事《ぶじ》、謁見《えっけん》をやり過《す》ごしたらなんでも褒美《ほうび》をやろう。」

アズールがやる気《き》のないニナを、モノで釣《つ》ろうとする。

それがカンにさわって、「えらそう！」とむかっ腹《ぱら》を立《た》てると、いきなり女官《にょかん》たちがニナの前《まえ》にひざまずいた。

「どうかお願《ねが》いします～。こんなことになったのもわれらの失態《しったい》……死《し》んで詫《わ》びることに～。」

「どうかどうか。」

ぺこぺこと頭《あたま》を下《さ》げてくる。

なんと、姫《ひめ》が死《し》んだことがバレたら、この女官《にょかん》たちが責任《せきにん》を取《と》らなければならないらしい。

（うう――灰金目王子《きんめおうじ》はムカつくけど、女官《にょかん》さんたちはかわいそうだし……。）

女官《にょかん》たちは身《み》のまわりの世話《せわ》をしてくれて、悪《わる》い人《ひと》たちではない。さすがに死《し》なれては困《こま》ってしまう。

結局《けっきょく》、三日後《みっかご》の謁見《えっけん》に向《む》け、まじめに特訓《とっくん》を受《う》けることにしたのだが……。

「もう一度《いちど》。」

「『はい』『陛下《へいか》』『わたし』。」

お姫《ひめ》さまらしい受《う》けこたえを、何百回《なんびゃっかい》とくりかえし練習《れんしゅう》させられる。

それから歩《ある》き方《かた》に座《すわ》り方《かた》、立《た》ち上《あ》がり方《かた》にお辞儀《じぎ》の仕方《しかた》。

むずがゆくなるかつらを取《と》ることすらできない。

（たいへん、きつい、つらい――っっ。）

ニナはこの五年間《ねんかん》、男《おとこ》の子《こ》として生活《せいかつ》してきた。お姫《ひめ》さまどころか、ふつうの女《おんな》の子《こ》の話《はな》し方《かた》だって難《むずか》しい。

「やっぱりやめるー。やだ――っ。なんのためにー。」

ぶっ通《とお》しの特訓《とっくん》に、早々《そうそう》に音《ね》を上《あ》げてしまった。

半泣《はんな》きのニナを見《み》て、女官《にょかん》がアズールに「すこし息抜《いきぬ》きが必要《ひつよう》かと……。」とあわてて進言《しんげん》する。

アズールもこれ以上《いじょう》はむりだと判断《はんだん》したらしい。

「すこし――……休《やす》むか。ついてこい。」


アズールに連《つ》れられ、人目《ひとめ》をさけるようにして部屋《へや》を出《で》る。

通路《つうろ》を渡《わた》り、階段《かいだん》をえんえんと登《のぼ》って着《つ》いたのは、宮殿《きゅうでん》の塔《とう》の上《うえ》だった。

「わ――。」

どこまでも広《ひろ》がる青《あお》い空《そら》の下《した》、ダヤの街並《まちな》みが見渡《みわた》せる。

(ずっと部屋《へや》ん中《なか》だったから、よくわかってなかったけど。ここ……本当《ほんとう》に王宮《おうきゅう》なんだな……。)

丘《おか》の上《うえ》の宮殿《きゅうでん》。見上《みあ》げるばかりだった場所《ばしょ》に、自分《じぶん》が立《た》っているのが不思議《ふしぎ》だった。

気持《きも》ちのいい風《かぜ》が吹《ふ》いて、ふわりといい香《かお》りが混《ま》じる。

香《かお》りは、アズールのほうから流《なが》れてくる。

(いいにおい。こいつか……。高貴《こうき》な人《ひと》って、みんなこんな香《かお》りすんのかな。生《う》まれたときからかな。)

自分《じぶん》よりずっと背《せ》が高《たか》くて、無表情《むひょうじょう》でニコリともしない。

そんなアズールから目《め》が離《はな》せなくなる。

(底辺《ていへん》のおれたちとはちがう人《ひと》。本来《ほんらい》なら同《おな》じ地面《じめん》に立《た》つこともないえらい人《ひと》。不思議《ふしぎ》だなぁ。なんでおれ、こんなとこいんだろ……。)

数日前《すうじつまえ》まで、見下《みお》ろす街《まち》の、最下層《さいかそう》に住《す》む孤児《こじ》だった。

コリンのために金《かね》が必要《ひつよう》で、盗《ぬす》もうとして失敗《しっぱい》して、顔《かお》がはれ上《あ》がるまで殴《なぐ》られて。

それからコリンが死《し》んで、サジに裏切《うらぎ》られて、完全《かんぜん》にひとりぼっちになって……。

なのに今《いま》はお姫《ひめ》さまの服《ふく》を着《き》て、フォルトナでいちばん高《たか》い場所《ばしょ》にいる。

ふと、アズールがニナを見《み》た。

風《かぜ》に黒髪《くろかみ》がゆれ、形《かたち》のいいくちびるがゆっくりと動《うご》く。

「この国《くに》のために、おまえの協力《きょうりょく》が必要《ひつよう》なのだ。」

その表情《ひょうじょう》からは、なにを考《かんが》えているかはちっともわからない。

でも、低《ひく》く落《お》ち着《つ》いた声《こえ》で言《い》われた言葉《ことば》が、心《こころ》にしみこんでいく。

(ひつよう。おれがだれかにひつよう……。そうかぁ……。)

アズールは冷《つめ》たくていやなやつだけど……。

自分《じぶん》を、必要《ひつよう》としてくれている人《ひと》がいる。

そのことが、ニナはうれしかった。


そしていよいよ謁見《えっけん》の日《ひ》。

ニナは三日間《みっかかん》、がんばり続《つづ》けた。

おかげで付《つ》け焼《や》き刃《ば》ではあるものの、なんとか急《きゅう》ごしらえのお姫《ひめ》さまができ上《あ》がった。

「うおー。なんかすごいー。」

白《しろ》くてうすい生地《きじ》に、金糸《きんし》を使《つか》った繊細《せんさい》な刺繍《ししゅう》。いつものあざやかな衣装《いしょう》とちがい、星《ほし》離宮《りきゅう》の姫巫女《ひめみこ》にふさわしい、清楚《せいそ》な衣装《いしょう》だ。

「とってもお似合《にあ》いです!!」

〝小汚《こぎたな》い小僧《こぞう》〟だったニナを、ここまで美《うつく》しく仕上《しあ》げた女官《にょかん》たちもうれしそうだ。

だが、すぐにその表情《ひょうじょう》がくもる。

「あの……どうか失敗《しっぱい》……なされませんよう……。」

「偽者《にせもの》だとバレたら、われらきっと全員《ぜんいん》打《う》ち首《くび》にございます――……。」

バレたら打《う》ち首《くび》と聞《き》き、ニナは言葉《ことば》を失《うしな》った。

女官《にょかん》たちの真剣《しんけん》な表情《ひょうじょう》に、冗談《じょうだん》ではないことがわかる。

（そう……な……の……？　失敗《しっぱい》したら……死《し》ぬ……の⁉）

今《いま》さらながら任務《にんむ》の重大《じゅうだい》さに気《き》づき、緊張《きんちょう》が大《おお》きくなる。

（そうか。これって、王《おう》さまをも騙《だま》すってことなんだ。）

女官《にょかん》たちに付《つ》き添《そ》われながら、王宮《おうきゅう》の廊下《ろうか》を歩《ある》く。

「アリシャ姫《ひめ》、参《まい》られました。」

謁見《えっけん》の間《ま》の扉《とびら》が開《ひら》き、そこからは女官《にょかん》も付《つ》かず、たったひとりで進《すす》まなくてはならない。

（あれっ。うそ。人《ひと》いっぱいいる……聞《き》いてない、こんなん。）

王《おう》さまだけかと思《おも》ったら、たくさんの貴族《きぞく》たちが、好奇《こうき》の視線《しせん》を自分《じぶん》に向《む》けている。

背《せ》を伸《の》ばし、視線《しせん》を下《さ》げ、しずしずと姫《ひめ》らしく歩《ある》くが、どんどん胸《むね》の鼓動《こどう》は速《はや》くなる。

なんとか玉座《ぎょくざ》の前《まえ》まで来《き》て、ゆっくりとひざまずいた。

「お目《め》にかかれて光栄《こうえい》です。陛下《へいか》。アリシャ……セス……フォルトナでございま……す。」

練習《れんしゅう》ではスラスラと言《い》えたのに、声《こえ》がふるえて、最後《さいご》はつまってしまった。

「うむ。そのように堅苦《かたくる》しくせずともよいのだぞ。娘《むすめ》よ。面《おもて》を上《あ》げよ。」

王《おう》さまのゆったりした声《こえ》が、玉座《ぎょくざ》から降《ふ》ってくる。

「はい。」

カチコチに緊張《きんちょう》しながら顔《かお》を上《あ》げ、ごくりとつばを飲《の》みこむ。

(これがこの国《くに》の王《おう》さま——初《はじ》めて見《み》た。見《み》て……いいの?)

王冠《おうかん》をかぶり、威厳《いげん》と余裕《よゆう》の笑《え》みを浮《う》かべている。

そのとなりには、ドレスにちりばめられた色《いろ》とりどりの宝石《ほうせき》に負《ま》けないくらい、華《はな》やかで美《うつく》しい王妃《おうひ》。

「おおお。その青《あお》い瞳《ひとみ》はまさにアリシャ。もっと近《ちか》くで見《み》せておくれ。これほど美《うつく》しい青《あお》はほかにない。」

(どうしよう。なに言《い》ってんのか、頭《あたま》にぜんぜん入《はい》ってこない。)

国王《こくおう》に語《かた》りかけられ、さらに緊張《きんちょう》が高《たか》まる。

「こたびはこちらの都合《つごう》で王宮《おうきゅう》に戻《もど》ってもらうことになり、すまないな。」

この国の王さま――
ごくりっ
はじめて見た
見て…いいの？
どうしよう
おおお　その青い瞳はまさにアリシャ
もっと近くで見せておくれ
これほど美しい青はほかにない
何言ってんのか
頭にぜんぜん
はいってこない

（えーとえーと。なんて言《い》うんだっけ。）

山《やま》ほど練習《れんしゅう》したのに、言葉《ことば》が出《で》てこない。

「い……い、『いえ』。わ……わ、『わたしで』、『お役《やく》に立《た》てるのなら』、う……『うれしい』、『で、す』。」

「うむうむ。そう堅《かた》くなるな、なるな。よいよい。」

たどたどしく言《い》う姿《すがた》に、国王《こくおう》が目《め》を細《ほそ》める。緊張《きんちょう》は巫女《みこ》として人前《ひとまえ》に出《で》ない暮《く》らしをしていたせいだと思《おも》ったのか、偽者《にせもの》だと疑《うたが》う様子《ようす》はない。

「身《み》のまわりのことは異母兄《いぼけい》のアズールに任《まか》せておったはず……。」

「はい。輿《こし》入《い》れのその日《ひ》までお任《まか》せください。」

近《ちか》くに控《ひか》えていたアズールが、そつなく国王《こくおう》にこたえる。

「うむうむ。アズールなら安心《あんしん》できよう。」

国王《こくおう》は満足《まんぞく》げだが、ふたりのやり取《と》りを聞《き》いていた王妃《おうひ》は、口元《くちもと》を扇《おうぎ》で隠《かく》し、まゆをひそめる。

美《うつく》しいが険《けん》のある顔《かお》で、狐《きつね》のようなつり目《め》が気位《きぐらい》の高《たか》さをそのまま表《あらわ》していた。

「――……そういえば……わが国《くに》では皇太子成人《こうたいしせいじん》の儀《ぎ》で、星《ほし》の巫女《みこ》が舞《まい》を奉納《ほうのう》するのでしたわね。」

王妃《おうひ》が、おもむろに国王《こくおう》に話《はな》しかける。

「その舞《まい》、わが王子《おうじ》ムフルムのため、ここで披露《ひろう》していただけないかしら？」

王妃《おうひ》の言葉《ことば》に、謁見《えっけん》の間《ま》にいる人々《ひとびと》が一気《いっき》にざわついた。

(舞《まい》……？　舞《まい》って……そんなの習《なら》ってない……。)

この三日間《みっかかん》のお姫《ひめ》さま特訓《とっくん》では、最低限《さいていげん》のことしか教《おし》えられていない。

「ムフルムが成人《せいじん》するのはまだまだ先《さき》じゃないか。」

「ふふっ。余興《よきょう》ですわよ。だいたい十五年《ねん》も巫女《みこ》の修行《しゅぎょう》をしながら、一度《いちど》も舞《ま》わずに嫁《とつ》がれるなんて、もったいないじゃありませんか。」

国王《こくおう》と王妃《おうひ》の会話《かいわ》に、ニナは血《ち》の気《け》が引《ひ》いていく。

「王妃《おうひ》さまもお人《ひと》が悪《わる》い。」

「アズールさまへの牽制《けんせい》だろうな……。」

「気《き》の毒《どく》に。」

そんなひそひそ声《ごえ》が、貴族《きぞく》たちのあいだから聞《き》こえてくる。

たとえニナが本物《ほんもの》の姫《ひめ》だったとしても、いきなり舞《ま》えというのは乱暴《らんぼう》な話《はなし》で、もし失敗《しっぱい》すれば笑《わら》いものになってしまうかもしれない。いわゆるむちゃぶりというやつだ。

「陛下《へいか》はご覧《らん》になりたくありませんの？　嫁《とつ》いでしまったら二度《にど》と見《み》られませんのよ？」

「うむ。たしかに。よし許《ゆる》す。舞《ま》ってみよ。」

だが王妃《おうひ》が押《お》すと、あっさりと国王《こくおう》もその気《き》になってしまう。

（どうしよう……どうしよう……どうしたらいい？）

緊張《きんちょう》と混乱《こんらん》で、頭《あたま》が真《ま》っ白《しろ》になる。

「えっと……あの『わたし』……『わたし……』『じつは……』……。」

しどろもどろでなにを言《い》っているのか、自分《じぶん》でもわからない。

（むりだよ。だめだよ。もうだめ――。）

バレてしまう。バレたら全員《ぜんいん》打《う》ち首《くび》だ。

死《し》を覚悟《かくご》したそのとき。

「それはどうでしょう。」

凛《りん》とした声《こえ》が響《ひび》き、王妃《おうひ》が「アズール……。」とまたまゆをひそめる。

「姫《ひめ》はまだ成人《せいじん》しておらず、星《ほし》の神事《しんじ》も継《つ》いでおりません。そのような者《もの》に舞《ま》わせては、逆《ぎゃく》にムフルム王子《おうじ》の今後《こんご》に傷《きず》がつきましょう。――しかも当《とう》の王子《おうじ》は伏《ふ》せってこの場《ば》におられないのですから、なおのこと。」

アズールが真《ま》っ向《こう》から反対《はんたい》すると、またあっさりと国王《こくおう》は考《かんが》えをひるがえした。

「うーむ。まあ……アズールの言《い》うとおりかもしれぬ……。」

ざわついていた貴族《きぞく》たちのあいだにも、なんとなくホッとした空気《くうき》が流《なが》れる。

そのままアズールが、ニナのそばに立《た》った。

「どうやら王女《おうじょ》は具合《ぐあい》が悪《わる》いご様子《ようす》。退席《たいせき》させてもらいましょう。」

「――はい……。」

言《い》われるがまま返事《へんじ》をし、顔《かお》を上《あ》げると、アズールが冷《つめ》たく自分《じぶん》を見下《みお》ろしていた。

その表情《ひょうじょう》に、ニナは（ああ……失敗《しっぱい》だったんだ。）と悟《さと》った。

がんばったけれど、バレなかったけど、うまくできなかった。

（がっかりさせたんだな……。）

国王《こくおう》に最後《さいご》のあいさつをし、謁見《えっけん》の間《ま》を退席《たいせき》する。

そのあいだずっと、ニナは胸《むね》が苦《くる》しかった。


部屋《へや》に戻《もど》り、姫巫女《ひめみこ》のドレスからいつものドレスに着替《きが》えると、やっと緊張《きんちょう》から解放《かいほう》された。かつらを外《はず》して、寝床《ねどこ》にごろんと横《よこ》になる。

(かゆくならない寝床《ねどこ》。高《たか》い天井《てんじょう》。磨《みが》かれた部屋《へや》。ごわごわしない服《ふく》。味《あじ》のついた飯《めし》……。こんな立派《りっぱ》なとこ、もともとおれの居場所《いばしょ》じゃなかった。)

お姫《ひめ》さまの身代《みが》わりなんて、自分《じぶん》にはとうていむりだったのだ。

「そうだよ！　だいたい命《いのち》がけなんて見合《みあ》わないし。あいつらがどーなったって知《し》るもんか！　とっとと逃《に》げよう！　戻《もど》ろう!!」

ガバッと立《た》ち上《あ》がる。

だけど一歩踏《ぽふ》み出《だ》しただけで、またすぐに立《た》ち止《ど》まる。

(家《いえ》に戻《もど》って——戻《もど》って——……戻《もど》るとこなんてあんのかよ……？)

もうあの家《いえ》には戻《もど》れない。居場所《いばしょ》のないさびしさに、また胸《むね》が苦《くる》しくなる。

……ふと、外《そと》から人《ひと》の言《い》い争《あらそ》うような声《こえ》が聞《き》こえてきた。

(なんか外《そと》、騒《さわ》がしい……？　なんだろ……。)

外《はず》したかつらをまたかぶり、部屋《へや》から回廊《かいろう》に出《で》る。

(あれ……は……王妃《おうひ》さま……。)

さっき舞《まい》をむちゃぶりしてきた王妃《おうひ》さまだった。お付《つ》きの女官《にょかん》も大勢《おおぜい》連《つ》れている。

「なぜ、わたくしの宮《みや》でアリシャ姫《ひめ》を預《あず》かるのはだめなのです!?」

「申《もう》し訳《わけ》ありませんが、もう決《き》まったことですので。」

王妃《おうひ》がつめよっている相手《あいて》はアズールで、なんだか険悪《けんあく》な雰囲気《ふんいき》だ。アズールの後《うし》ろには女官《にょかん》ふたりと、いつも一緒《いっしょ》にいる武官《ぶかん》のダイタスもいる。

「そもそも輿入《こしい》れ前《まえ》の大切《たいせつ》な姫《ひめ》。わたくしのほうでみるのが筋《すじ》じゃないかしら。」

「なんと申《もう》されましても……すべての手順《てじゅん》は決《き》まっております。」

王妃《おうひ》がアリシャ姫《ひめ》を渡《わた》せと要求《ようきゅう》し、それをアズールが断《ことわ》っている……ということらしい。

「フン。髪落《かみお》としもまだの若輩者《じゃくはいもの》が。星《ほし》の神《かみ》は運命《うんめい》を司《つかさど》る神《かみ》……。その星《ほし》の巫女《みこ》を抱《かか》えるなど……。よもやそなた……、もと正室の子である自分《じぶん》こそ、王位《おうい》を継《つ》ぐのが正《ただ》しいとでも思《おも》っているのではあるまいな？」

ニナにはくわしい事情《じじょう》はわからないが、「もと正室《せいしつ》の子《こ》」がアズール。今《いま》の正室《せいしつ》である王妃《おうひ》は、そのアズールが星《ほし》の巫女《みこ》の世話《せわ》をしていることに、難癖《なんくせ》をつけているようだ。

「いえ。まさか。わたしはこの国《くに》を支《ささ》えることだけを思《おも》っております。」

王妃《おうひ》の意地悪《いじわる》な物言《ものい》いにも、アズールは表情《ひょうじょう》ひとつ変《か》えない。

淡々《たんたん》とした中《なか》に、ニナを王妃《おうひ》に渡《わた》すつもりはないという強《つよ》い意志《いし》が感《かん》じられた。

——この国《くに》のために、おまえの協力《きょうりょく》が必要《ひつよう》なのだ。

アズールのあの言葉《ことば》。塔《とう》の上《うえ》で、自分《じぶん》を必要《ひつよう》と言《い》ってくれたことを、ニナは思《おも》い出《だ》す。

「もと正室《せいしつ》——そなたの母《はは》は気弱《きよわ》な女《おんな》であったのにな。おどおどびくびく。なのにおまえときたら……すこしは母親《ははおや》を見習《みなら》うとよいわ！」

業《ごう》を煮《に》やしたのか、王妃《おうひ》が扇《おうぎ》でいきなりアズールの肩《かた》を打《う》った。

ピシッとするどい音《おと》がして、勢《いきお》いで扇《おうぎ》が中庭《なかにわ》の池《いけ》にポチャンと落《お》ちる。

「あ……扇《おうぎ》が……。」

わざとらしく言《い》うと、王妃《おうひ》が嫌《いや》みったらしくアズールに命令《めいれい》した。

「そなたのせいだな。取《と》ってまいれ。」

なんと自分《じぶん》で落《お》とした扇《おうぎ》を、アズールに池《いけ》に入《はい》って拾《ひろ》えというのである。

（なっ。なんだそれ!!）

回廊《かいろう》の柱《はしら》の陰《かげ》からのぞいていたニナも、理不尽《りふじん》すぎてさすがに腹《はら》が立《た》った。

「……新《あたら》しいものを用意《ようい》させましょう。」

アズールがまゆひとつ動《うご》かさずに言《い》うが、王妃《おうひ》も引《ひ》かない。

「わたくしは取《と》ってまいれと言《い》ったのだ。今日《きょう》は暑《あつ》い。水浴《みずあ》びにもちょうどよかろう？」

なんとしてでもアズールを池《いけ》に入《はい》らせて辱《はずかし》めるつもりらしい。

「――……。」

アズールが無言《むごん》になる。

ニナは見《み》ていられなくて、気《き》づけば走《はし》りだしていた。

勢《いきお》いをつけて、思《おも》いっきり池《いけ》の中《なか》へと飛《と》びこんだ。

ばしゃあん！

派手《はで》な水《みず》しぶきが上《あ》がった。

水《みず》が王妃《おうひ》の顔面《がんめん》を直撃《ちょくげき》し、となりのアズールも頭《あたま》からバシャッと水《みず》をかぶる。

ことのなりゆきをハラハラしながら見守《みまも》っていた者《もの》たちの目《め》が点《てん》になる。

「な。な。な。」

王妃《おうひ》は美《うつく》しい髪《かみ》もドレスもずぶぬれで、口《くち》をパクパクさせている。

ニナはかまわず池《いけ》の中《なか》をざぱざぱと歩《ある》くと、底《そこ》に沈《しず》んだ扇《おうぎ》を拾《ひろ》い上《あ》げた。

それから無邪気《むじゃき》な笑顔《えがお》を作《つく》ると、うやうやしく扇《おうぎ》を差《さ》し出《だ》した。

「はい、王妃《おうひ》さま。」

「あっ、あな……た……。」

王妃《おうひ》はピクピクと顔《かお》を引《ひ》きつらせている。

「こっ、このわたくしになんてこと——！」

怒《おこ》った王妃《おうひ》が、手《て》をふり上《あ》げた。

が、即座《そくざ》にアズールがかばうようにその前《まえ》に立《た》つ。

ほおを打《う》たれると覚悟《かくご》していたニナが、大《おお》きな背中《せなか》に守《まも》られる。

タンッ
ばしゃあん

盾《たて》となったアズールが、にっこりと王妃《おうひ》にほほえみかけた。

「たしかに。水浴《みずあ》びにはちょうどいい。」

その美《うつく》しい笑《え》みに、一瞬《いっしゅん》、王妃《おうひ》の気勢《きせい》がそがれた。

すると、お付《つ》きの女官《にょかん》たちがここぞとばかりに王妃《おうひ》を取《と》り囲《かこ》む。

「たいへん！」「王妃《おうひ》さまお召《め》しかえを！」「体《からだ》を壊《こわ》します！」「お早《はや》く！」

ぐいぐいと押《お》して、王妃《おうひ》を強引《ごういん》に連《つ》れ去《さ》っていく。

「ちょ、ま、この、アズ――ゥルゥ――！」

王妃《おうひ》が怒鳴《どな》り声《ごえ》を残《のこ》していなくなると、ニナは自分《じぶん》がとんでもないことをしでかしたことに気《き》がついた。

「あ……あのっ……ごめん。なんか……見《み》てらんなくて……。」

「来《こ》いっ。」

「わっ。」

アズールに乱暴《らんぼう》に手首《てくび》をつかまれ、ぐんぐんと引《ひ》っ張《ぱ》られる。

（これ、まずい。怒《おこ》られる。びしょぬれにしちゃったし！）

部屋《へや》へ戻《もど》ってもアズールは無言《むごん》で、どうやら激怒《げきど》させてしまったらしい。

「あ……あの……おれ……ホントは王妃《おうひ》さまだけにかけるつもりで……。」

言《い》い訳《わけ》してみるが、背中《せなか》を向《む》けたアズールの肩《かた》が小刻《こきざ》みにゆれていて、ニナは真《ま》っ青《さお》になった。

（ふるえるほどすっごく怒《おこ》ってる――っ。）

「ふ。」

……だが、後《うし》ろ姿《すがた》のまま聞《き》こえてきたのは、小《ちい》さな笑《わら》い声《ごえ》だった。

（えっ。笑《わら》った？）

アズールがふり返《かえ》る。

（笑《わら》っつ――……ってない……？）

でも、怒《おこ》っているという感《かん》じでもない。

「まったく……すこし胸《むね》が空《す》いたぞ。」

アズールが目《め》を細《ほそ》め、それからほんのちょっとだけ、口《くち》の端《はし》を上《あ》げた。今《いま》まで一度《いちど》も見《み》たことのない、やわらかくておだやかな笑《え》み。

（なんだよ……そういう顔《かお》……すんのかよ……。）

怒《おこ》られると思《おも》ったのに、なんだか拍子抜《ひょうしぬ》けしてしまう。

「あの。でもおれ、謁見《えっけん》でもうまくできなくて。」

「あの程度《ていど》は想定《そうてい》ずみだ。王妃《おうひ》の言《い》いそうなことだしな。単純《たんじゅん》で助《たす》かる。むしろボロが出《で》る前《まえ》に退出《たいしゅつ》できて好都合《こうつごう》だ。」

打《う》ち首寸前《くびすんぜん》の大失敗《だいしっぱい》と思《おも》っていたけれど、それなりに自分《じぶん》は役《やく》に立《た》てていたらしい。

さっきまでの、居場所《いばしょ》も帰《かえ》る家《いえ》もないさびしさが、うそみたいに消《き》えていく。

「約束《やくそく》の褒美《ほうび》をやろう。なんでも言《い》え。」

アズールはもういつもの無表情《むひょうじょう》に戻《もど》っている。

（……なんでも……なんでも……？）

褒美《ほうび》と言《い》われて、ニナは考《かんが》える。

今《いま》、自分《じぶん》がほしいもの。

「……ほめろ。じゃあほめろ。ちゃんと。なんか特別《とくべつ》っぽく。」

ニナが求《もと》めた褒美《ほうび》は、金品《きんぴん》でもなければ、特別《とくべつ》な待遇《たいぐう》でもなかった。

すこし
胸がすいたぞ
なんだよ…
そういう顔…
すんのかよ…
びっ

がんばったから、ほめてほしい。ただそれだけだった。

「ちゃんと？　特別《とくべつ》？　なんだそれは……。」

ピンとこないのか、アズールが聞《き》き返《かえ》してくる。

ちょうどそのとき、体《からだ》をふくための布《ぬの》を持《も》ってきた年配《ねんぱい》の女官《にょかん》が、そっと耳打《みみう》ちする。

「アズールさま。この娘《こ》はさびしいのでございましょう。もっとやさしく……。」

そう言《い》われて、アズールも考《かんが》える。

（……ふむ。）

考《かんが》えた末《すえ》に、ニナのぬれた髪《かみ》の毛《け》に、パサッと布《ぬの》をかけた。

「わっ。なっ。」

驚《おどろ》いているニナの頭《あたま》を、布《ぬの》の上《うえ》からポンとなでる。

それから王子《おうじ》らしく、威厳《いげん》をもって言《い》った。

「よくやった。ほめてつかわす。」

これがアズールの〝特別《とくべつ》っぽく〟で、〝やさしく〟だった。

――よくやった。ほめてつかわす。

パサッ
わっ なっ
ポン
よくやった
褒めてつかわす

そっけない言葉《ことば》が、ニナの胸《むね》にあたたかくしみこんでいく。
自分《じぶん》がだれかに必要《ひつよう》とされた。
役《やく》に立《た》つことができた。
それが、なによりうれしかった。

第《だい》三夜《や》　灰金目王子《きんめおうじ》の秘密《ひみつ》

天気《てんき》のいい昼下《ひるさ》がり。王宮《おうきゅう》の中庭《なかにわ》。

「おいっ。ちゃんとついてきてるか。」

えらそうにニナに言《い》っているのは、六、七歳《さい》くらいの幼《おさな》い少年《しょうねん》。

あの傲慢王妃《ごうまんおうひ》のひとり息子《むすこ》で、フォルトナ王国《おうこく》の第《だい》一王子《おうじ》、ムフルムである。

ニナよりもずっと年下《としした》なのにいばりんぼうで、ぽっちゃりしている。

「ついてきてますよ。」

ニナがこたえると、ぽっちゃり王子《おうじ》がまたえらそうに言《い》った。

「ぼくは次期国王《じきこくおう》だから、城内《じょうない》のことはくまなく知《し》るひつようがあるんだ。あ、あ、あそこにいたのは、大事《だいじ》な国王《こくおう》のつとめだぞ。」

さっきから同《おな》じことを五回《かい》は言《い》っていて、逆《ぎゃく》にうしろめたいのがバレバレだ。

ふたりが出会《であ》ったのは、今《いま》からほんのちょっと前《まえ》のこと。

おいっ
ちゃんとついて来てるか
フォルトナ王国
第一王子　ムフルム
ついて来てますよ
上、目、!!
ぼくは次期国王だから城内のことはくまなく知るひつようがあるんだ
あ、あ、あそこにいたのはだいじな国王のつとめだぞ
5回目!!!
今からほんのちょっとまえのこと
アリシャさまは？

ニナは外出禁止《がいしゅつきんし》を命《めい》じられ、部屋《へや》に閉《と》じこめられていた。

「アリシャさまは？」

「頭《あたま》が痛《いた》いと休《やす》んでおられます。」

「この前《まえ》のように勝手《かって》に外《そと》へ出《で》たりしないよう、扉《とびら》は閉《と》じておくのですよ。」

そんな女官《にょかん》たちの話《はな》し声《ごえ》が、扉《とびら》の向《む》こうから聞《き》こえてくる。

（なんだよもう。ちょこっとくらい出歩《であるい》いたっていいじゃないか。悪辣灰金目王子《あくらつきんめおうじ》の指示《しじ》か？　くっそーっ。）

というわけで、窓《まど》から脱走《だっそう》することにした。

窓枠《まどわく》に布《ぬの》を結《むす》び、スルスルと降《お》りていく。

すると窓《まど》の下《した》に、なにかを探《さが》すようにきょろきょろしているあやしい子《こ》どもがひとり。

それがムフルムだった。

（このガキんちょ……まさか第一王子《だいいちおうじ》さまとは思《おも》わなかったけど！　灰金目《きんめ》より年下《としした》だし。）

兄《あに》のアズールが第二王子《だいにおうじ》で、弟《おとうと》のほうが第一王子《だいいちおうじ》。

王位継承順位《おういけいしょうじゅんい》が、なぜか兄弟《きょうだい》で逆《ぎゃく》になっている。

「それにしても義姉上《アリシャ》は変《か》わってるな。二階《かい》の窓《まど》から出《で》るなど、どろぼうかと思《おも》ったぞ。目《め》の色《いろ》が青《あお》じゃなかったら。」

ムフルムはニナと初対面《しょたいめん》だし、ニナが身代《みが》わりであることは極秘中《ごくひちゅう》の極秘事項《ごくひじこう》だ。青《あお》い瞳《め》のニナを、本当《ほんとう》の義姉《あね》、アリシャだと思《おも》っている。

「さぁ。どこでもあんないしてやるぞ。ぼくが知《し》らぬ場所《ばしょ》はないからな。ぼくの部屋《へや》はどうだ？　けんらんごうかなのだぞ。」

「ん――それなら……。」

せっかくの王宮散歩《おうきゅうさんぽ》、どこでも案内《あんない》してやると言《い》われたら……。

「悪辣《あくらつ》な灰金目王子《きんめおうじ》の弱点《よわみ》をつかみたいっ。」

ということで、ニナとムフルムはアズールの仕事場《しごとば》をこっそりのぞくことにした。

きっと、ニナの見《み》ていないところではダラダラしているにちがいない。

そう思《おも》ったのだが……。

「アズールさま。国境警備《こっきょうけいび》の増兵《ぞうへい》の許可《きょか》をお願《ねが》いします。」

「アズールさま。南《みなみ》のルツィオの領主《りょうしゅ》がおいでです。」

「アズールさま。こちらの件《けん》についてですが……。」

おいしいものでも食《た》べてごろごろしているかと思《おも》いきや、次《つぎ》から次《つぎ》へと人《ひと》がやってきて、打《う》ち合《あ》わせをしたり書類《しょるい》を書《か》いたり。

「指示《しじ》とか出《だ》してる……。」

有能《ゆうのう》すぎてニナは唖然《あぜん》としてしまうが、ムフルムはなんとなく居心地《いごこち》が悪《わる》そうにしている。

「あ、兄上《アズール》はいずれ、ぼくのほさをする身《み》だから……父上《ちちうえ》はシャタルに忙《いそが》しいし……。」

シャタルというのは盤上《ばんじょう》の駒《こま》を使《つか》って対戦《たいせん》するボードゲームで、王《おう》さまの趣味《しゅみ》らしい。

「王子《おうじ》って忙《いそが》しいんだな。」

ニナが言《い》うと、ムフルムが鼻息荒《はないきあら》く言《い》い返《かえ》してきた。

「ちがうぞ!! 兄上《アズール》はおやつの時間《じかん》とひるねの時間《じかん》をサボってるのだ!! ぼくはちゃんとやってる! すごくえらい!」

どうりでぽっちゃりなわけである。

のぞき見《み》しているうちに時間《じかん》は過《す》ぎ、時刻《じこく》を知《し》らせる鐘《かね》が鳴《な》り響《ひび》く。

「あ。そろそろ戻《もど》んないと。」

部屋《へや》を抜《ぬ》け出《だ》したのがバレると、またアズールに怒《おこ》られてしまう。

帰《かえ》ろうとすると、ムフルムが「おいっ。」と声《こえ》をかけてきた。

「あ……明日《あした》もあんないしてやってもいいぞ。兄上《アズール》の弱点《よわみ》知《し》りたいんだろ。なさけないとこ、みっともないとこ、ぼくも見《み》たい!!」


ということで翌日《よくじつ》。

観察二日目《かんさつふつかめ》、アズールは広場《ひろば》で剣術《けんじゅつ》の稽古《けいこ》をしていた。

「おお――っ。」

「さすが!」

武官《ぶかん》たち相手《あいて》に次々《つぎつぎ》と一本《いっぽん》を奪《うば》い、対戦相手《たいせんあいて》が「参《まい》りました。」と頭《あたま》を下《さ》げる。

「敵《かな》うものなしですなぁ。」

感嘆《かんたん》の声《こえ》がいたるところから上《あ》がっている。

茂《しげ》みに隠《かく》れて見《み》ていたが、完璧《かんぺき》すぎてまたもや唖然《あぜん》としてしまう。

「なさけなくもみっともなくも、弱《よわ》くもない……。」

「兄上《アズール》は……王《ぼく》を守《まも》るため強《つよ》くならなくてはいけないから……。ぼ、ぼくだってあれくらい強《つよ》いんだぞっ。次期国王《じきこくおう》だからな！」

ムフルムが強《つよ》がりを言《い》うが、そのとき武官《ぶかん》たちのひそひそ話《ばなし》が聞《き》こえてきた。

「ムフルムさまは？」

「稽古《けいこ》のはずでは……？」

「また伏《ふ》せってるそうだ……。」

「剣術《けんじゅつ》お嫌《きら》いだからなぁ……。」

「まぁ、アズールさまのようにはいかないさ。」

どうやら、ムフルムもこの剣術《けんじゅつ》の稽古《けいこ》に参加《さんか》しなくてはならないのだが、病気《びょうき》を理由《りゆう》にサボっているらしい。

「い……今《いま》のはちがうぞっ。べつにけいこサボってないし。王《おう》には必要《ひつよう》ないからだ！兄上《アズール》はぼくのためにやるんだ！　兄上《アズール》だって苦手《にがて》なものあるさ！　きっと……かくしてるだけだ!!! ――たぶん。」

ムフルムが苦《くる》しい言《い》い訳《わけ》をする。

だが、アズールに弱点《よわみ》があってほしいのはニナも同《おな》じだ。

「よしっ。じゃあ、もっと本格的《ほんかくてき》に探《さぐ》ろう!! 弱点見《よわみみ》つけて参《まい》ったって言《い》わせよう!!」

「ええっ。」

そうくるとは思《おも》わなかったのか、ムフルムが目《め》を丸《まる》くする。

「で、なにか隠《かく》してるとしたらどこだ?」

ニナの質問《しつもん》で、次《つぎ》の探検場所《たんけんばしょ》が決《き》まった。


再《ふたた》び翌日《よくじつ》。観察三日目《かんさつみっかめ》は、アズールの部屋《へや》だった。

「――……やっぱり、かってに窓《テラス》から入《はい》るのはいけないことかも。兄上《アズール》は人《ひと》を入《い》れたがらないというし……まぁ、ぼくは次期王《じきおう》だからいいんだけど。」

ムフルムはおどおどしているが、ニナは「なにを今《いま》さら。」とためらうことなくアズールの部屋《へや》に入《はい》る。

「あ。ちょ、姉上《アリシャ》はそれでも王女《おうじょ》ですか!!」

「うん。王女王女《おうじょおうじょ》。」

ニナは五年間盗《ねんかんぬす》みで生きてきたので、侵入《しんにゅう》はお手《て》の物《もの》。

しのびこんだアズールの部屋《へや》は、きれいに整《ととの》えられてはいるものの、華美《かび》なものはひとつもなかった。代《か》わりに地図《ちず》や本《ほん》、星図《せいず》や遠《とお》い国《くに》の風景画《ふうけいが》などが飾《かざ》られている。

(これが——「私室《ししつ》」っていうやつ……? なんか見《み》たことのないものたくさん……まるで異国《いこく》みたいだ……。灰金目王子《きんめおうじ》はなにを思《おも》って、ここで過《す》ごしてるんだろう。)

アズールの姿《すがた》が見《み》えなくても、すごく近《ちか》くに存在《そんざい》を感《かん》じる。

(私室《ししつ》って不思議《ふしぎ》なんだな……。)

それはムフルムも同《おな》じだったようで、心《こころ》を奪《うば》われたように、棚《たな》に飾《かざ》られた本《ほん》や絵《え》を見上《みあ》げている。

「兄上《あにうえ》はホントにすごいんだ……。」

異国《いこく》の雰囲気《ふんいき》の中《なか》、ムフルムが夢見《ゆめみ》るように言《い》う。

「兄上《あにうえ》は十七のときすでに連隊《れんたい》をひきいてて……すごく立派《りっぱ》で、ぼくはすごく……。」

その表情《ひょうじょう》と声《こえ》で、アズールの勇姿《ゆうし》を思《おも》い浮《う》かべているのが伝《つた》わってくる。

「ムフルム。おまえ……。」

できのいい兄《あに》の弱点《よわみ》を知《し》りたい理由《りゆう》は、もしかして……。

「アズールさま。お早《はや》いお戻《もど》りで。」

扉《とびら》の向《む》こうから声《こえ》がして、ふたりがハッとする。

アズールが帰《かえ》ってきたのだ。


部屋《へや》に戻《もど》ったアズールは、すぐに異常《いじょう》に気《き》がついた。

閉《し》まりきっていないテラスの窓《まど》。

不自然《ふしぜん》にふくらんだ寝台《しんだい》をおおう天蓋《てんがい》カーテン。

侵入《しんにゅう》の形跡《けいせき》と濃厚《のうこう》な人《ひと》の気配《けはい》に、まっすぐ寝室《しんしつ》へと進《すす》む。

「……どうやら作法《さほう》よりも、慎《つつし》みを覚《おぼ》えさせるのが先《さき》のようだな。」

バッとカーテンをめくると、案《あん》の定《じょう》、ニナが隠《かく》れていた。

「寝所《しんじょ》だぞ。いつまで小娘《こむすめ》でいるつもりだ。すこしは恥《は》じらいを知《し》れ。」

バッ
どうやら作法よりも慎《つつし》みを覚えさせるのが先のようだな
ギッ
うぶ
寝所《しんじょ》だぞ いつまで小娘でいるつもりだ
すこしは恥じらいを知れ

「うぶ。」

ジタバタするニナを猫《ねこ》のように持《も》ち上《あ》げて、寝室《しんしつ》からつまみ出《だ》す。

「そもそも出歩《である》くのは禁《きん》じると言《い》ったろう。なぜいる。」

「わわっ。たまたま！　たまたま！」

「今日《きょう》だけではないよな？」

昨日《きのう》もおとついものぞき見《み》していたことが、完全《かんぜん》にバレていた。

「ムフルムさま。」

しかも、テラスに隠《かく》れているムフルムも見《み》つかってしまっている。

「世間知《せけんし》らずの姫《ひめ》を連《つ》れ回《まわ》さないでください。私室《ここ》に入《はい》った理由《わけ》は問《と》いませんが、このようなふるまい、感心《かんしん》しませんね……。」

アズールが注意《ちゅうい》すると、ムフルムが開《ひら》き直《なお》ったように姿《すがた》を現《あらわ》した。

「フ、フンッ。ぼくにちゅういするのかアズール！」

アズールは弟《おとうと》を「さま」づけなのに、ムフルムは兄《あに》を呼《よ》び捨《す》てだ。

「姉上《あねうえ》をつれまわしてなんかいないぞ‼　あんないしてやってるだけだ。」

「わたしの部屋《へや》に？」

「う、うるさい！　ぼくは次期王《じきおう》だぞ!!　入《はい》っちゃいけないとこなんてないんだ!!!　ぼくは——……。」

痛《いた》いところをつかれて、ムフルムがむきになる。

「あの、かってに入《はい》ったのは、おれ——あたしが……。」

ニナが責任《せきにん》を感《かん》じて兄弟《きょうだい》のあいだに入《はい》ろうとするが、アズールは正論《せいろん》でムフルムを追《お》いつめていく。

「次期王《じきおう》なのですから、もうすこし考《かんが》えて行動《こうどう》なされませ。剣術《けんじゅつ》もサボっておられるようですね？　そんなことでは——……。」

「だまれっ!!　ぼくが王《おう》にふさわしくないと思《おも》うなら、兄上《アズール》が王《おう》になればいいだろ!!!」

そう叫《さけ》ぶと、ムフルムは外《そと》へと走《はし》っていってしまった。

アズールはムフルムのカンシャクには慣《な》れているのか、追《お》いもしなければ呼《よ》び止《と》めもしない。

「——……さて。女官《にょかん》を呼《よ》ぶから戻《もど》れ。俺《おれ》は今《いま》から用《よう》……。」

「バカッ。」

ニナが、アズールが伸《の》ばしてきた手《て》をパシッとはらった。

「悪《わる》いのはおれだぞ!!　ちゃんと聞《き》いてやれよ!!　おまえ、兄《にい》ちゃんなんだから！」

アズールをしかると、ニナはすぐにムフルムを追《お》いかけた。

三日間一緒《みっかかんいっしょ》に行動《こうどう》して、ニナにはムフルムの心《こころ》がすこしだけわかった。

兄弟《きょうだい》ゲンカはよくあることだけど、ムフルムとアズールの関係《かんけい》は複雑《ふくざつ》だ。

ムフルムが兄《あに》の弱点《よわみ》を知《し》りたがったり、にくまれ口《ぐち》を叩《たた》いたりするのは、アズールのことが嫌《きら》いだからじゃない。むしろ……。

追《お》っていくと、すぐにぽっちゃり王子《おうじ》の小《ちい》さな背中《せなか》が見《み》えた。

「ムフルムー。」

呼《よ》び止《と》めるが、はふはふ息《いき》を切《き》らしながらまた逃《に》げていく。

「待《ま》てって！　どこ行《い》くんだ!?」

「うるさいうるさい!!　ついてくるな！」

人気《ひとけ》のないほうへとでたらめに走《はし》っているのか、とうとう行《い》き止《ど》まりになってしまう。

る。

古《ふる》い井戸《いど》があるが、周囲《しゅうい》をぐるりと囲《かこ》んだ壁《かべ》は崩《くず》れかけ、長年放置《ながねんほうち》された場所《ばしょ》だとわか

ムフルムが、その井戸《いど》のふちに上《のぼ》った。

「あぶないぞ、戻《もど》れ、ほら！」

ニナが叫《さけ》ぶが、ムフルムは首《くび》を横《よこ》にふる。

「うるさい、あっちいけ。ほっとけよ。どうせぼくは、ぼくは……。」

目《め》にはうっすら涙《なみだ》が浮《う》かんでいて、とてもほっとけない。

「あっ!!」

古《ふる》いレンガが、ムフルムの重《おも》さに耐《た》えきれず、ガラッと足元《あしもと》から崩《くず》れる。

「ムフルム――――ッ。」

レンガとともに、ムフルムが井戸《いど》の中《なか》へと落《お》ちていく。ニナが走《はし》る。その体《からだ》をつかもうとするが……。

「う。ぐすっ。ふ。う。ぐすっ。」

井戸《いど》の底《そこ》にたまった水《みず》の中《なか》。ムフルムの泣《な》き声《ごえ》で、ニナは目《め》を覚《さ》ました。

「ん？　あたたっ。あれっ。ええと……。」

どうやら、ムフルムを助《たす》けようとして落《お》っこちたらしい。

「落《お》ちたのか……よく無事《ぶじ》……。」

だったな～、と言《い》おうとしたら、ムフルムが泣《な》きながら抱《だ》きついてきた。

「バカ者《もの》ォ！　なかなかめざめないから、死《し》んだと思《おも》ったじゃないかぁ～。」

「ハハッ。ケガなさそうーっ。」

ムフルムも無傷《むきず》のようで、ニナもホッとする。

だが、安心《あんしん》してもいられない。それなりに深《ふか》さのある井戸《いど》で、見上《みあ》げると狭《せま》い空《そら》はだいぶ日《ひ》が陰《かげ》っていてもうすぐ夜《よる》だ。

登《のぼ》ろうと壁《かべ》に手《て》をかけてみるが、よほど古《ふる》いらしく、ぼろぼろと崩《くず》れてしまう。

「うーん。こりゃおとなしく助《たす》けを待《ま》ったほうがいいな。」

「使《つか》われてないから、みまわりも兵士《へいし》も来《こ》ないぞ。何度《なんど》もさけんだけど、ぜんぜんとどかな……くしゅっ。」

冷《ひ》えたのか、ムフルムがくしゃみをして、体《からだ》をぶるっとふるわせる。体《からだ》が弱《よわ》いというのは本当《ほんとう》らしい。

これから夜《よる》になるにつれ、気温《きおん》はどんどん下《さ》がってくる。

ニナはムフルムをひょいと抱《だ》き上《あ》げると、自分《じぶん》のひざの上《うえ》に座《すわ》らせた。それから後《うし》ろからぎゅーっと抱《だ》きしめる。

「ななな、なんでこんな。」

「あったかいだろ？　寒《さむ》いときはこうやってくっつくんだぞ。」

急《きゅう》に抱《だ》っこされてムフルムは顔《かお》を赤《あか》くするが、ニナにとってはふつうのことだ。寒《さむ》い日《ひ》は、コリンとサジとくっつきながら寝《ね》ていた。

「初耳《はつみみ》だ。姉上《アリシャ》はちょっとおかしいぞ！」

照《て》れくさいのか、ムフルムがニナの腕《うで》の中《なか》でもぞもぞする。

「助《たす》けが来《く》るまでのしんぼうだ。」

「助《たす》……。」

ムフルムは急《きゅう》に黙《だま》りこんで、それから力《ちから》なく言《い》った。

「――……このまま……助《たす》け……来《こ》ないかも……。」

「なに言《い》ってんだ。王子《おうじ》サマだろ。今《いま》ごろいないって大騒《おおさわ》ぎで捜《さが》してるさ！」

「母上《ははうえ》は……そうかもだけど――ぼ……ぼくは……できが悪《わる》いから……。」

ぽつりぽつりと、言葉《ことば》をしぼり出《だ》す。

「兄上《あにうえ》とはちがうんだ……べんきょうも、けんじゅつも、みんなからのしんらいも。本当《ほんとう》は兄上《あにうえ》が……王《おう》さまになるはずだったのに……。」

まだ生《う》まれて数年《すうねん》のムフルムに起《お》きた、いろいろなできごと。

――おまえが第《だい》一王子《おうじ》ですよ。アズールではなく、おまえがいずれ国王《こくおう》になるのです。

母《はは》である王妃《おうひ》に、くりかえし言《い》われて育《そだ》ってきた。

――ムフルムさまは凡庸《ぼんよう》だ。

――しかし王妃《おうひ》には逆《さか》らえぬ。

そして多《おお》くの家臣《かしん》たちに、陰《かげ》でそう言《い》われていることも、ムフルムは知《し》っている。

「みんな思《おも》ってる。兄上《あにうえ》が第《だい》一王子《おうじ》であるべきだったたって。ぼくじゃ……兄上《あにうえ》のようになれないから……。」

母《はは》からの大《おお》きすぎる期待《きたい》を背負《せお》い、周囲《しゅうい》の落胆《らくたん》の声《こえ》を聞《き》いて生《い》きてきた。その苦《くる》しさが、小《ちい》さな背中《せなか》を通《とお》してニナにも伝《つた》わってくる。

(王子《おうじ》さまってあんがいたいへんなのかもな。きっとまわりがうるさくて、いろんなこと考《かんが》えちゃうんだな……もっと単純《たんじゅん》でいいのに。)

サジとコリンはなにも持《も》っていなかったけれど、仲《なか》のいい兄弟《きょうだい》だった。

「ムフルムは兄上《あにうえ》のこと、好《す》きなんだな。」

ニナがズバリ言《い》うと、ムフルムの体《からだ》がビクッとする。

それから頭《あたま》をブンブンと横《よこ》にふった。

「最初《さいしょ》にうろうろしてたのは、兄上目当《あにうえめあ》てだろ。」

ムフルムの本当《ほんとう》の気持《きも》ちを、ニナが代《か》わりに言葉《ことば》にしてあげる。

「『弱点《よわみ》や苦手《にがて》を知《し》れば、もっと近《ちか》づけると思《おも》った』?」

「『兄上《あにうえ》の部屋《へや》に入《はい》れてうれしかった』。」

「『どうしてもすなおになれないなぁ』。」

ムフルムは頭《あたま》をブンブンしながら、そっぽを向《む》いている。

「連隊《れんたい》を率《ひき》いてた兄上《あにうえ》は、『すごく立派《りっぱ》で、ぼくもああなりたい』。」

すこし間《ま》を置《お》いて……やっとムフルムが、こくんとうなずいた。

「ははっ。じゃあさ、兄上《あにうえ》に直接《ちょくせつ》いろいろ教《おそ》わろう！　ちゃんと言《い》ってさ。きっとおまえは立派《りっぱ》でやさしい王《おう》さまになれるぞ。」

ひざの上《うえ》で、ムフルムの体《からだ》の力《ちから》が抜《ぬ》けたのがわかる。

「……姉上《あねうえ》はやっぱり変《か》わってる。」

「ふつうだぞ。」

サジやコリンと暮《く》らしていたとき、気持《きも》ちを言葉《ことば》にして伝《つた》えることは、当《あ》たり前《まえ》のことだった。

「兄上《あにうえ》、いやじゃないかな。」

「いざとなったら、弱点握《よわみにぎ》っておどしてやる。」

冗談《じょうだん》っぽく言《い》うと、ようやく「姉上《あねうえ》はあくどいな。」とムフルムが笑《わら》う。

「……ところでなんか、水増《みずふ》えてないか？」

話《はな》しているあいだに、底《そこ》にたまっている水《みず》が増《ふ》えたような気《き》がする。

「そんなわけない。ここはもうかれてて……。」

ボコボコボコ！

ムフルムがこたえるそばから、一気《いっき》に水《みず》が噴《ふ》き出《だ》した。

「うわわわわわ。」

あわてて立《た》ち上《あ》がるが、みるみる水《みず》かさが増《ま》していく。

「たーすーけーてー！」

全力《ぜんりょく》で助《たす》けを呼《よ》ぶが、それにこたえてくれる者《もの》はいなかった。


……日《ひ》はすっかり落《お》ちて月明《つきあ》かりだけ。

暗闇《くらやみ》の中《なか》、ニナの肩《かた》にずっしりとムフルムの重《おも》さがのしかかる。

「つく、ひっく。姉上《あねうえ》だいじょうぶ……？　ごめんなさい……ぼ……ぼく、ふくよかで。」

水《みず》はニナの腰《こし》の下《した》くらいで止《と》まったものの、体《からだ》の弱《よわ》いムフルムを水《みず》から守《まも》るには、おんぶするしかない。

（ふくよか……だと？　いいふうに言《い》ったなー。）

ツッコみたいところだが、「だいじょうぶ、へっちゃらー。」と明《あか》るく返《かえ》す。

とはいえ、夜《よ》がふけるにつれてさらに気温《きおん》は下《さ》がり、水《みず》の冷《つめ》たさがニナの体温《たいおん》を容赦《ようしゃ》なく奪《うば》っていく。足《あし》は冷《ひ》えてじんじんするし、寒《さむ》さと疲《つか》れでもうろうとしてくる。

「ふっ。ひっ、うっうあ、だれかぁ。あにうぇ〜。ぼくっ。すなおないい子《こ》になりますっ。おやつは半分《はんぶん》にしますぅ〜。」

ムフルムは恐怖《きょうふ》で泣《な》きっぱなしだ。

(あー、なんでこんなことになってるんだろ。ああ、あいつがいけないんだ。あいつのせいでこんな……。)

アズールの美《うつく》しい顔《かお》が、ぼんやりとした頭《あたま》に浮《う》かぶ。

むりやり王宮《おうきゅう》に連《つ》れてこられなければ、井戸《いど》に落《お》ちることもなかったのに。

(おれは大事《だいじ》な身代《みが》わりなんだろ!?　だったら早《はや》く助《たす》けろよ————っっ。)

体力《たいりょく》はすでに限界《げんかい》で、このままではムフルムと一緒《いっしょ》に水《みず》の中《なか》に沈《しず》んでしまう。

「アズールのバーカバーカ！　顔《かお》がいいからなんだってんだっ。でべそーっ！」

最後《さいご》の力《ちから》をふりしぼって、大声《おおごえ》で文句《もんく》を言《い》ってみた。すると……。

「だれがでべそだ。」

まるで奇跡《きせき》のように、アズールが井戸《いど》の上《うえ》から顔《かお》を出《だ》した。

後《うし》ろにはダイタスもいて、ちょうど近《ちか》くを捜索中《そうさくちゅう》だったらしい。

すぐにはしごをたらし、まずはムフルムが助《たす》け出《だ》される。

それからアズールがはしごを下《お》りてきて、ニナに手《て》を伸《の》ばした。

「まったく、どれだけ水《みず》につかるのが好《す》きなんだおまえは……登《のぼ》れるか。」

「うん平気《へいき》。」

むりやり笑顔《えがお》を作《つく》ったものの、冷《ひ》えすぎて体《からだ》がうまく動《うご》かない。

ガチガチとふるえながら、かじかんだ指《ゆび》に息《いき》をかけてあたためていると、ぐいっと体《からだ》が引《ひ》き寄《よ》せられた。

「わ、わっ、浮《う》い……!!」

ふわりとニナの体《からだ》が宙《ちゅう》に浮《う》く。

アズールがニナを片手《かたて》で抱《だ》き上《あ》げたのだ。

「ちゃんと腕《うで》を首《くび》に回《まわ》せ。安定《あんてい》しない。」

誰《だれ》が出臍《でべそ》だ

「あ、うん。」

いきなり抱《だ》きしめられてとまどうが、命令《めいれい》されるまま、アズールに体《からだ》を寄《よ》せる。

「――水《みず》は冷《つめ》たかったろう――。ムフルムをありがとう。」

アズールが耳元《みみもと》でささやく。

驚《おどろ》くほど顔《かお》が近《ちか》くて、すこしのあいだ、ニナとアズールが見《み》つめ合《あ》う。

（わかってる。悪《わる》いやつじゃあないんだ……。ちっちゃい王子《おうじ》が大好《だいす》きなやつだもの……。）

冷《ひ》え切《き》った指《ゆび》やほおに、すこしずつアズールの熱《ねつ》がうつる。

（あったかい……。）

やっと井戸《いど》から出《で》ると、ムフルムが毛布《もうふ》にくるまって、ニナたちを待《ま》っていた。

「あ、兄上《あにうえ》！　あの!!　そのっ。えっと。その……。」

なにか言《い》おうとして口《くち》ごもってしまい、ちらっとニナを見《み》る。

その視線《しせん》に気《き》づいたニナが、ぎゅっとこぶしを握《にぎ》って、〝がんばれ〟の合図《あいず》を送《おく》る。

「どうした。母君《ははぎみ》が相当心配《そうとうしんぱい》している。早《はや》く戻《もど》……。」

アズールの言葉《ことば》を遮《さえぎ》るように、ムフルムが言《い》った。

「こんど、けんじゅつ教《おし》えてくださいっ。」

勇気《ゆうき》をふりしぼって、初《はじ》めて伝《つた》えた自分《じぶん》の気持《きも》ちだった。

「――……。」

驚《おどろ》いたのはアズールだ。だがニナが力強《ちからづよ》くこくこくとうなずいているのを見《み》て、察《さっ》したらしい。

「いつでも来《く》るといい。ただしわたしは厳《きび》しいぞ?」

アズールが言《い》うと、ムフルムが瞳《ひとみ》を輝《かがや》かせる。

その子《こ》どもらしい笑顔《えがお》に、アズールも心《こころ》を動《うご》かされる。

「……わからないものだな。」

ダイタスと王妃《おうひ》のもとへと帰《かえ》るムフルムを見送《みおく》りながら、アズールがひとりごとのようにつぶやいた。

「……さけられてると思《おも》っていた……。」

王妃《おうひ》ともども自分《じぶん》を邪険《じゃけん》にしていると思《おも》っていた弟《おとうと》が、まさかあんなことを言《い》うなんて、予想《よそう》だにしなかったのである。

(心《こころ》の内《うち》は、声《こえ》にしないとわからないから……。)

ニナにとっては当《あ》たり前《まえ》のことなのに、ムフルムもアズールも知《し》らない。

そのふたりがわかり合《あ》っていくのはニナもうれしいし、できれば自分《じぶん》もアズールのことをもっと知《し》りたいと思《おも》う。

「なぁなぁ。苦手《にがて》とか不得意《ふとくい》なことってなんだ？」

アズールに聞《き》いてみる。

「なぜそんなことを聞《き》く。特《とく》にない。」

「――ムフルムに自信《じしん》つけてやるんだ。」

本音《ほんね》は自分《じぶん》が弱点《よわみ》を握《にぎ》りたいのだが、とりあえず建《た》て前《まえ》を言《い》ってみる。

「これといってないな……形《かたち》のないものは――苦手《にがて》だが……。」

「形《かたち》のない……？」

なんだろう？

「わからなくていい。」

秘密《ひみつ》めいたことを言《い》われると、余計《よけい》に知《し》りたくなる。

「あっ。待《ま》って！　わかったかも。『形《かたち》のない』でしょ。」

ヒントからニナが考《かんが》え出《だ》したこたえは……。

「おばけだ！」

「ぜったいちがう。」

星空《ほしぞら》の下《した》、おしゃべりしながら宮殿《きゅうでん》へと戻《もど》っていくふたり。

その姿《すがた》を、陰《かげ》から見《み》ている男《おとこ》たちがいたことに、ニナたちは気《き》づかない。

「……アリシャ姫《ひめ》は死《し》んでる……と……？」

「確証《かくしょう》は……まだ……。」

「だが、あの青《あお》い瞳《ひとみ》……アリシャ姫《ひめ》でないとしたら、あれはいったい、何者《なにもの》なのだ……。」

死《し》んだ姫巫女《ひめみこ》と偽《いつわ》りの姫《ひめ》。

その真実《しんじつ》に、たどり着《つ》こうとしている者《もの》がいた。

第《だい》四夜《や》　失《うしな》われた名前《なまえ》

井戸《いど》の事件《じけん》から一か月《げつ》ちょっと。

ニナは女官《にょかん》とアズールに鍛《きた》えられ、すっかり姫《ひめ》らしくなっていた。

しずしずとした歩《ある》き方《かた》に、品《ひん》のある話《はな》し方《かた》。

無垢《むく》で愛《あい》らしいほほえみは、どこからどう見《み》ても奥《おく》ゆかしいお姫《ひめ》さま。

おかげで部屋《へや》に軟禁《なんきん》されることもなくなり、王宮《おうきゅう》の中《なか》なら、女官《にょかん》と出歩《である》くこともできるようになった。

今日《きょう》も王宮《おうきゅう》の回廊《かいろう》を、女官《にょかん》たちと歩《ある》いていたのだが……。

ニナはふと、視線《しせん》を感《かん》じてふり返《かえ》る。

「アリシャさま。どうかされました？」

それに気《き》づいた女官《にょかん》がたずねる。

「今《いま》、だれかに見《み》られてたような気《き》がして……。」

王宮《おうきゅう》の敷地《しきち》は広《ひろ》く、ひとつの街《まち》のようになっている。

王族《おうぞく》、貴族《きぞく》のほかにもたくさんの人々《ひとびと》が住《す》んでおり、今《いま》も王宮《おうきゅう》の回廊《かいろう》には家臣《かしん》や召《め》し使《つか》いの者《もの》たちが行《い》き交《か》っている。その人混《ひとご》みの中《なか》から、視線《しせん》を感《かん》じたのだ。

「まあ、そんな当《あ》たり前《まえ》のこと！」

女官《にょかん》はおかしそうに笑《わら》うと、「ほら、あのとおり。」と手《て》で指《さ》し示《しめ》す。

気《き》づけば、洗濯物《せんたくもの》を抱《かか》えた侍女《じじょ》から衛兵《えいへい》にいたるまで、みなが足《あし》を止《と》めてニナを見《み》つめていた。

「アリシャさまよ！　なんて美《うつく》しい青《あお》い瞳《ひとみ》でしょう。」

「夏服《なつふく》もステキ!!」

「最近《さいきん》はよくお見《み》かけするようになりましたわね〜。」

みんな、ニナのかわいらしさに目《め》を奪《うば》われているのだ。

女官《にょかん》に「ごあいさつを！」とうながされ、ニナが練習《れんしゅう》に練習《れんしゅう》を重《かさ》ねた、とっておきのほほえみを浮《う》かべる。

「今日《きょう》は暑《あつ》くなりそうですね。みなさまに星《ほし》の神《かみ》のご加護《かご》がありますよう。」

俗世間《ぞくせけん》のわずらわしさなど、なにひとつ知《し》らないような愛《あい》らしさに、見《み》ている者《もの》もつられて笑顔《えがお》になる。

そんなニナに、女官《にょかん》たちも大満足《だいまんぞく》だ。

「完璧《かんぺき》ですわ！」

「すっかり板《いた》についていて！　そりゃあ視線《しせん》も集《あつ》めますよ。」

たしかに、星《ほし》の姫巫女《ひめみこ》アリシャは、注目《ちゅうもく》の的《まと》らしい。

（でも、そういう「見《み》られてる」じゃない気《き》がするんだけどなぁ。）

もっとするどい視線《しせん》で、警戒《けいかい》しなきゃいけないような気配《けはい》。

だが王族《おうぞく》とはそんなものかもしれないと思《おも》い、部屋《へや》へと帰《かえ》る。

すると魔法《まほう》が解《と》けたように、もとのニナに戻《もど》る。ソファーにドカッと座《すわ》って、伸《の》びをしながら大《おお》あくび。

「もう気《き》を抜《ぬ》けるとこは部屋《ここ》しかないよ～。」

「気《き》を抜《ぬ》いていい場所《ばしょ》なんてない。どこでも自然《しぜん》に『アリシャ』でいなくては。まだまだひとりでは出歩《である》かせられないな。」

今日は暑くなりそうですね
みなさまに星の神のご加護がありますよう
わー
なんて奥ゆかしく愛らしい…!!
最近はよくお見かけするようになりましたわね～
完璧《かんぺき》ですわ!
すっかり板について!
そりゃあ視線も集めますよ
そういう「見られてる」じゃない気がするんだけどなぁ

すかさずアズールの厳《きび》しい指導《しどう》が入《はい》る。

「アズゥ!!! なんだよっ。おばけこわくてでべそのくせに!!!」

「文句《もんく》が子《こ》どもだな。本当《ほんとう》に十五か？ 体《からだ》もうすっぺらいし。」

「こっから大《お》っきくなんだ！ バーカバーカ。」

口《くち》ゲンカを始《はじ》めるふたりを見《み》て、女官《にょかん》たちが目《め》を細《ほそ》める。

「なんだかすっかり仲良《なかよ》くなられましたねぇ〜。」

「どこがっ。」

ニナが即座《そくざ》に反論《はんろん》する。アズールも「おかしなことを言《い》うな。」と不服《ふふく》そうだ。

でも、王子《おうじ》を「アズ」と呼《よ》ぶのも、面《めん》と向《む》かって「バーカバーカ。」と言《い》えるのも、おそらくこの世《よ》でニナひとりだけ。

ふたりの距離《きょり》は、日《ひ》に日《ひ》に縮《ちぢ》まっていた。

そんなある日《ひ》の昼下《ひるさ》がり。

アズールに連《つ》れられて部屋《へや》から出《で》ると、王宮《おうきゅう》は星祭《ほしまつ》りの飾《かざ》り付《つ》けで、いつにも増《ま》してにぎやかだった。

「城《しろ》でも星祭《ほしまつ》りやるんだな……。」

フォルトナ国《こく》の星祭《ほしまつ》りは、麦《むぎ》の収穫祭《しゅうかくさい》でもあり、星《ほし》の神《かみ》の祭《まつ》りでもある。ダヤの街《まち》では願《ねが》いをこめてランタンが灯《とも》されるが、王宮《おうきゅう》でも同《おな》じようにするらしい。

回廊《かいろう》の一角《いっかく》にランタンがいくつも並《なら》べられていて、街《まち》で見《み》るものよりずっと高級《こうきゅう》そうだ。

「ほら。」

アズールが、そのうちのひとつをニナに手渡《てわた》した。

「えっ。」

「王族《おうぞく》も願《ねが》いごとをしていい。それはおまえのだ。」

「あ……うん……。」

星祭《ほしまつ》りの準備《じゅんび》で忙《いそが》しいはずなのに、ニナにランタンをあげるためにわざわざ時間《じかん》を作《つく》ってくれたのだとわかる。

（やさしいと、びびるぅ～。）

いつもは怒《おこ》られてばかりなので、どぎまぎしてしまう。

「アズールー、アリシャー。ランタンの準備《じゅんび》か？」

そこに、お供《とも》を大勢《おおぜい》連《つ》れた王《おう》さまの一行《いっこう》が通《とお》りかかった。

王《おう》さまの横《よこ》にはあの王妃《おうひ》もいる。ニナがランタンを持《も》っているのに気《き》づくと、

「フン。王位《おうい》がほしいなどと願《ねが》うのではあるまいな？」

さっそくアズールに嫌味《いやみ》を言《い》ってくる。

「これこれそう言《い》うな。アズールはものわかりのいい第《だい》二王子《おうじ》だ。」

「腹《はら》のうちの読《よ》めない男《おとこ》ですわよ！」

「それにしても、巫女《みこ》としてのアリシャの神事《しんじ》が見《み》られぬのは残念《ざんねん》だ。だが幸《さいわ》い、そなた自身《じしん》が楽《たの》しむことができよう。」

王《おう》さまが王妃《おうひ》をたしなめつつ、サラッと話題《わだい》を変《か》えてくれる。

王妃《おうひ》は意地悪《いじわる》だが王《おう》さまはいい人《ひと》で、ニナはホッとするが……。

「アリシャさま。巫女舞《みこまい》ぐらい舞《ま》ってもらえないですかね。」

その後《うし》ろから、おでこの広《ひろ》いやせた家臣《かしん》が舞《まい》の話《はなし》を蒸《む》し返《かえ》してきた。

（ムリムリィー！　なに言《い》ってくれてんのこの人《ひと》!!）

冷《ひ》や汗《あせ》が出《で》たが、王《おう》さまは用事《ようじ》があるらしく「ではまた祭《まつ》りの日《ひ》にな。」とサッサと行《い》ってしまった。

「あいかわらず、やな王妃《おうひ》さまだったなぁ。アズも文句《もんく》のひとつやふたつ、言《い》ってやりゃあいいのにー。」

ニナは口《くち》をとがらせるが、アズールの返事《へんじ》は意外《いがい》なものだった。

「あの人《ひと》のことは嫌《きら》いではない。むしろ好感《こうかん》を持《も》ってるくらいだ。」

「ええ〜〜っ。」

意外《いがい》すぎて、びっくりしてしまう。

「裏表《うらおもて》なく真《ま》っ正直《しょうじき》で、正面《しょうめん》からしか来《こ》ない人《ひと》だ。めんどうなのはそういう人《ひと》よりむしろ――……。」

そう続《つづ》けてから、アズールは言葉《ことば》を濁《にご》す。

「まあ……王宮《おうきゅう》――……世《よ》の中《なか》は、おまえのように単純《たんじゅん》な人《ひと》ばかりじゃないってことだ。」

「今《いま》、バカにしたろ!!!」

単純《たんじゅん》と言《い》われたニナが、猫《ねこ》みたいにしゃーっと怒《おこ》る。

「ほめたんだ。ほら、ランタン落《お》とすぞ。」

「わっ。とっ。」

あわててランタンを持《も》ち直《なお》すが、そう言《い》ったアズールはなにも持《も》っていない。

「ありゃ。アズはランタンもらわなかった？」

「ああ……いいんだ。願《ねが》うことはもうないからな……。」

目線《めせん》を下《さ》げたその横顔《よこがお》が、ニナは気《き》にかかる。

（それって願《ねが》いごとがないから？　それとも叶《かな》ったから？　どっちだろ……。）

翌日《よくじつ》。星祭《ほしまつ》りの準備《じゅんび》であわただしい中《なか》、ニナはムフルムのお見舞《みま》いに来《き》ていた。

外《そと》は祭《まつ》りの準備《じゅんび》でにぎやかなのに、ムフルムは部屋《へや》にこもりっきりで元気《げんき》がない。

「星祭《ほしまつ》りなんて来《こ》なくていいのに。」

「まだ風邪《かぜ》治《なお》んないからか？　ムフルム、ホント体弱《からだよわ》いよなぁ。」

ニナはそう言《い》いながら、山盛《やまも》りに用意《ようい》されたムフルムのおやつをいただいている。

「もう治《なお》ってますよ！　母上《ははうえ》が心配《しんぱい》するからねてるだけです。」

「ふーん。」

「言《い》っとくがっっ。兄上《あにうえ》だって小《ちい》さいころは病弱《びょうじゃく》だったって話《はなし》なんだぞ！　ぼくよりも!!!」

「へー。」

アズールが病弱《びょうじゃく》だったというのは初耳《はつみみ》だ。

「そうじゃなくて。祭《まつ》りが終《お》わって、あとひと月半《つきはん》もしたら……姉上《あねうえ》はお嫁《よめ》に行《い》ってしまわれるじゃないですか。」

ムフルムに言《い》われて、「あ。そか。」と気《き》づく。

（おれ――……あたし嫁入《よめい》りすんだっけ。）

実感《じっかん》がなくてすっかり忘《わす》れていたが、身代《みが》わり結婚《けっこん》のために誘拐《ゆうかい》されてきたのだった。

「まぁでもべつに、会《あ》いたきゃいつだって会《あ》えば……。」

「あ……あねうえ〜〜〜！　姉上《あねうえ》はガルガダに行《い》くんですよ!?　のんきにぼくのおやつ食《た》べてる場合《ばあい》ですかっ。」

ムフルムによると、隣国《りんごく》といってもガルガダは北《きた》の険《けわ》しい山《やま》の向《む》こう。陸《りく》からはぐるっと遠回《とおまわ》りをしなければならないし、海《うみ》から行《い》くのも遠《とお》く、フォルトナからは数週間《すうしゅうかん》の道《みち》のりだ。

「数週間《すうしゅうかん》!? そんな遠《とお》く!?」

「もとは最北《さいほく》の小国《しょうこく》だったそうですが、ここ数十年《すうじゅうねん》であっという間《ま》に南《みなみ》に侵攻《しんこう》した国《くに》なんですよ。それに……ガルガダの第《だい》一王子《おうじ》は……その……いろいろこわい方《かた》だと聞《き》くので……。」

ニナは知《し》らなかったが、ガルガダは勢力拡大中《せいりょくかくだいちゅう》の危険《きけん》な国《くに》。

その危《あぶ》ない国《くに》の、こわい王子《おうじ》のもとに嫁《とつ》がなければならないニナのことが、ムフルムは心配《しんぱい》でしかたないのだ。

「ひいおじいさまが、ねたきりじゃなかったら……きっとなんとかしてくれるのに……。」

ムフルムの言《い》う〝ひいおじいさま〟とは、王宮《おうきゅう》を出《で》て隠居《いんきょ》している大上皇《だいじょうこう》さまのこと。

「ぼくは心配《しんぱい》です。姉上《あねうえ》が嫁《とつ》がないよう願《ねが》ってしまおうかな……。」

「かわっ。」

心配《しんぱい》してくれるムフルムがかわいすぎて、ニナは思《おも》いきり抱《だ》きしめてしまった。

ひとしきり抱《だ》きしめた後《あと》、ニナはムフルムと別《わか》れ、王宮《おうきゅう》の通路《つうろ》を歩《ある》いていた。

(ガルガダってそんな遠《とお》い国《くに》だったんだ……。)

ひとりになると、〝嫁入《よめい》り〟の意味《いみ》する現実《げんじつ》が重《おも》くのしかかってきた。

(そんな遠《とお》くに行《い》ったら――……もう会《あ》えなくなる。)

弟《おとうと》みたいにかわいいムフルム。

自分《じぶん》を必要《ひつよう》としてくれたアズール。

別《わか》れを想像《そうぞう》すると、ズキンと胸《むね》が痛《いた》んだ。

「これはこれはアリシャさま！　おひとりですか？」

胸《むね》の痛《いた》みに立《た》ち尽《つ》くしていると、突然《とつぜん》、男《おとこ》に話《はな》しかけられた。

まとっている贅沢《ぜいたく》な羽織《はおり》は貴族《きぞく》のそれだが、やせていておでこが広《ひろ》く、貧相《ひんそう》な印象《いんしょう》だ。

「ずっと離宮《りきゅう》でお育《そだ》ちですと、街《まち》の星祭《ほしまつ》りをご覧《らん》になったことがないのでは？　城内《じょうない》の様子《ようす》とはまたひと味《あじ》ちがうものですよ。」

目《め》は弓《ゆみ》なりに笑《わら》っていて愛想《あいそ》はいいが、どことなく卑《いや》しさを感《かん》じる。

(だれ？　えーとどこかで……。あ、昨日《きのう》王《おう》さまたちといた人《ひと》!!　「巫女舞《みこまい》ぐらい舞《ま》ってもらえないですかね。」とかよけいなこと言《い》ってたやつ。)

見覚《みおぼ》えがあると思《おも》ったら、ぞろぞろとくっついていた家臣《かしん》のひとりだった。

「そうなんですね。でも王宮《おうきゅう》から出《で》るわけにもいきませんしね。」

ニナがこたえると、男《おとこ》が声《こえ》を落《お》とす。

「王族《おうぞく》もおしのびで街《まち》へ出《で》たりしますよ。」

「ええっ。」

初《はじ》めて聞《き》く話《はなし》だった。

「城《しろ》というのは入《はい》るのは難《むずか》しいですが、出《で》るぶんには意外《いがい》と簡単《かんたん》なんですよ。たとえば――。」

男《おとこ》が教《おし》えてくれたのは、だれにも知《し》られずに街《まち》に出《で》る方法《ほうほう》だった。

「……城内《じょうない》は酒宴《しゅえん》です。ほんのすこし抜《ぬ》けてなにかを見《み》に行《い》っても、わかりはしませんよ。」

では、と言《い》い残《のこ》して男《おとこ》が去《さ》ると、入《い》れ替《か》わるように女官《にょかん》たちが走《はし》ってきた。

だれかに話《はな》しかけられていたのを見《み》て、女官《にょかん》はまゆをひそめる。

「アリシャさまー。先《さき》に戻《もど》られては困《こま》りますよ～。」

「さあさ、ご一緒《いっしょ》に。姫《ひめ》はおひとりで出歩《である》くものではありませんっ。」

小言《こごと》を言《い》われても、ニナは上《うわ》の空《そら》だった。

……王族《おうぞく》も、街《まち》に出《で》られる。

そのことで、頭《あたま》がいっぱいになってしまったのだ。


「アリシャさま。どうかされました？　アリシャさま？」

部屋《へや》に戻《もど》っても、ニナはボーッとしたままだった。

（……外《そと》へ出《で》られる？　外《そと》へ出《で》る……？　出《で》られるなんて思《おも》ってなかった……。）

ずっと暮《く》らしていた街《まち》、ダヤ。

アリシャではなく、ニナだった場所《ばしょ》。

街《まち》に居場所《いばしょ》はない。わかっているのに、自分《じぶん》の名前《なまえ》を呼《よ》ぶ声《こえ》が頭《あたま》の中《なか》で響《ひび》く。

（出《で》て、それでどうするんだ？）

——ニナ……。

やさしい声《こえ》。ランタンの灯《あか》り。願《ねが》いごと。

ひとりきりの寝床《ねどこ》で、ニナはずっと、街《まち》での日々《ひび》を思《おも》い浮《う》かべていた。

翌日《よくじつ》、星祭《ほしまつ》りが始《はじ》まった。

王宮《おうきゅう》では料理《りょうり》と酒《さけ》がふるまわれ、貴族《きぞく》たちが踊《おど》り、祭壇《さいだん》に祈《いの》りがささげられる。

その華《はな》やかな宴《うたげ》の中《なか》……。

「いなくなった⁉」

女官《にょかん》たちの報告《ほうこく》を聞《き》き、アズールが険《けわ》しい表情《ひょうじょう》になる。

ニナが行方不明《ゆくえふめい》になったのだ。

「すこし目《め》を離《はな》したすきに……城壁内《じょうへきない》の神殿《しんでん》でお見《み》かけしたという話《はなし》もありますが……。

どこへやらさっぱり……。」

「昨日《きのう》はずっと考《かんが》えごとか、上《うわ》の空《そら》でした。」

女官《にょかん》によると、貴族《きぞく》らしい男《おとこ》に話《はな》しかけられた後《あと》に、様子《ようす》がおかしくなったという。

そのころニナはすでに、昨日《きのう》教《おし》えられた道《みち》をたどり、神殿《しんでん》の中《なか》にいた。

神殿《しんでん》は街《まち》へと通《つう》じており、中《なか》には神官《しんかん》たちのローブがある。ローブをはおって顔《かお》を隠《かく》せば、あとは簡単《かんたん》。だれにも姫《ひめ》だと気《き》づかれずに、街《まち》へ出《で》ることができる。

「……ホントに……出《で》てきちゃった……。」

男《おとこ》の言《い》ったことにうそはなく、だれにもあやしまれることなく、街外《まちはず》れへと出《で》た。

久《ひさ》しぶりの外《そと》。王宮《おうきゅう》とはちがう、なつかしい街《まち》のにおい。

星空《ほしぞら》の下《した》、家々《いえいえ》にはランタンの灯《あか》りがともっている。

(帰《かえ》ってきた!!)

まるで踊《おど》るように、石畳《いしだたみ》の道《みち》を駆《か》け下《お》りる。

——ニナ。ニナ。おかえりニナ。

道《みち》を照《て》らすランタンのひとつひとつが、かつての記憶《きおく》を呼《よ》び起《お》こす。

——ニナ。今日《きょう》は星《ほし》のお祭《まつ》りよ。

——願《ねが》いごとは決《き》めたか?

心《こころ》の中《なか》に、両親《りょうしん》の姿《すがた》がよみがえる。

——星《ほし》の神《かみ》さまはニナと同《おな》じ青《あお》い目《め》なんですって。ステキね。でも、ここでは大人《おとな》になるまで隠《かく》しておこうね。

——ニナ。ニーナ。おまえの幸《しあわ》せをいちばんに願《ねが》ってる。

幼《おさな》い自分《じぶん》を慈《いつく》しむように、すこし伸《の》ばして名前《なまえ》を呼《よ》んでくれた。

その両親《りょうしん》が流行病《はやりやまい》で死《し》んで、ニナはひとりぼっちになった。

——ニナ、ニナね。大丈夫《だいじょうぶ》！　オレらと一緒《いっしょ》に暮《く》らそう。オレはサジ。こっちは弟《おとうと》のコリン。

孤児《こじ》になったニナを助《たす》けてくれたのは、サジだ。

星祭《ほしまつ》りの夜《よる》。かっぱらったランタンを囲《かこ》み、願《ねが》いごとをなんにするか三人《にん》で話《はな》し合《あ》った。

——なに願《ねが》う？　なんにする？

——ニナが決《き》めなよ。

——ニナならどんな願《ねが》いにする？

サジとコリンとの五年間《ねんかん》。貧《まず》しかったけど、幸《しあわ》せだったのはまちがいない。

三人《にん》で暮《く》らしたあの家《いえ》に向《む》かって、ニナは下《した》へ下《した》へと走《はし》り続《つづ》ける。

街並《まちな》みがみすぼらしくなるにつれ、ランタンの数《かず》も少《すく》なくなり、やがて灯《あか》りはほとんど消《き》えて、街《まち》の最下層《さいかそう》へとたどり着《つ》く。

だが、ふくらんだ期待《きたい》は、現実《げんじつ》に容赦《ようしゃ》なく打《う》ちのめされる。

「サジ……？」

暗《くら》い家《いえ》に、人《ひと》の気配《けはい》はなかった。

すこしばかりの家財道具《かざいどうぐ》もすべてなくなっていた。

だれもいない。思《おも》い出《で》のかけらすら、なにひとつ残《のこ》っていない。

ニナがここで暮《く》らしていた痕跡《こんせき》は、跡形《あとかた》もなく消《き》えていた。

（「ニナ」って存在《そんざい》ごと消《き》える――。）

もうだれも、名前《なまえ》を呼《よ》んでくれる人《ひと》はいない。

途方《とほう》もないさびしさに呆然《ぼうぜん》とたたずんでいると、いきなり肩《かた》をつかまれた。

「勝手《かって》なまねを！　どういうつもりだ!!」

「ニーナ」って存在ごと
消える──

「!!」

アズールだった。ニナが街《まち》に出《で》たと考《かん》え、ひとり後《あと》を追《お》ってきたのだ。

怒《いか》りをあらわにしているアズールを見《み》て、ニナもカッとなる。

「おまえのっ。全部《ぜんぶ》おまえのせいだ。おまえが悪《わる》いんだ!! 人《ひと》さらい!!」

アズールの胸《むね》を叩《たた》く。気持《きも》ちが涙《なみだ》とともに、とめどなくあふれ出《だ》す。

「みんないなくっ。おれはっ。うっ。」

思《おも》い出《で》のかけらは、もう自分《じぶん》の心《こころ》の中《なか》にしかない。

「……あんた言《い》ったよな。『おまえは死《し》ぬ。』って。おれ、バカだから王女《おうじょ》になりかわるたとえなんだって単純《たんじゅん》に思《おも》ってた。でもちがうんだ。おれはたしかに死《し》ぬんだ。今《いま》まで生《い》きてきた〝ニナ〟が消《き》えるってことなんだ。」

青《あお》い瞳《ひとみ》からこぼれ落《お》ちた涙《なみだ》が、ほおをつたう。

「遠《とお》く離《はな》れた異国《いこく》に行《い》って、もうだれもニナを知《し》る人《ひと》はいなくなる。ううん。もうとっくに死《し》んでるんだった。」

泣《な》き顔《がお》を隠《かく》すように、ニナがフードをかぶり直《なお》した。

「〝ニナ〟って、もう名前《なまえ》を呼《よ》んでくれる人《ひと》いないから……。」
その様子《ようす》を、アズールはただ黙《だま》って見《み》つめている。
(──名前《なまえ》。)
遠《とお》い記憶《きおく》……自分《じぶん》にも同《おな》じように、呼《よ》ばれなくなった名前《なまえ》があったことを思《おも》い出《だ》す。
「○○○。」
顔《かお》もわからないだれかが、幼《おさな》いアズールを呼《よ》んでいる。
ずっと昔《むかし》。ちがう名前《なまえ》で呼《よ》ばれ、王宮《おうきゅう》ではない場所《ばしょ》で暮《く》らしていた。
押《お》しこめていた記憶《きおく》の断片《だんぺん》が、バラバラのパズルのように、脳裏《のうり》に次々《つぎつぎ》と思《おも》い浮《う》かぶ。
突然《とつぜん》、王宮《おうきゅう》に連《つ》れていかれ、新《あたら》しい名前《なまえ》を与《あた》えられた。
──今日《きょう》からおまえの名《な》は、アズール・セス・フォルトナだ。
威厳《いげん》のある声《こえ》で告《つ》げられ、それから王子《おうじ》としての人生《じんせい》が始《はじ》まった。
だが、ムフルムが生《う》まれて状況《じょうきょう》が一変《いっぺん》した。
──ムフルムさまが誕生《たんじょう》した今《いま》、あの存在《そんざい》は禍根《かこん》を残《のこ》すことになるのでは──？
ニナをさらうと決《き》めたとき。ダイタスの責《せ》めるような口調《くちょう》。

に。

——本当《ほんとう》にこれでよいのですか。わかってますか。もうひとりあなた自身《じしん》を作《つく》ること

なにを言《い》われても、心《こころ》に響《ひび》かなかった。国《くに》のために生《い》きる。ただそれだけだったから。

（俺《おれ》はただ——……。）

記憶《きおく》を押《お》しこめるように固《かた》くまぶたを閉《と》じたそのとき、アズールはかすかな気配《けはい》を感《かん》じ取《と》った。出入《でい》り口《ぐち》にだれかがいる。

とっさに短剣《たんけん》を投《な》げつけると、「ギャッ。」と短《みじか》い悲鳴《ひめい》が上《あ》がる。

とまどうニナを置《お》いて、アズールは駆《か》け出《だ》した。

外《そと》には兵士《へいし》二名《めい》と、フードで顔《かお》をおおい隠《かく》した黒《くろ》マントの男《おとこ》。

兵士《へいし》たちがあきらかな殺意《さつい》を持《も》って、剣《けん》に手《て》をかける。

だが、アズールはその剣《けん》を抜《ぬ》かせる間《ま》もなく、長剣《ちょうけん》で斬《き》り捨《す》てた。

あっけなく味方《みかた》がやられたのを見《み》て、黒《くろ》マントの男《おとこ》があわてて逃《に》げ出《だ》した。

背格好《せかっこう》からして軍人《ぐんじん》ではないらしく、すぐに壁《かべ》ぎわに追《お》いつめられてへたりこむ。

「わ。ひっっ。」

おびえる男《おとこ》に、アズールがためらいなく剣《けん》を向《む》けた。

だが「あっ！」というニナの悲鳴《ひめい》が響《ひび》き、その手《て》が止《と》まる。

見《み》ると、瀕死《ひんし》の兵士《へいし》が、ニナの髪《かみ》をわしづかみにしていた。

「やあっ！」

アズールの注意《ちゅうい》がそれた一瞬《いっしゅん》をついて、黒《くろ》マントの男《おとこ》が斬《き》りかかる。

「!!」

剣《けん》はアズールの袖《そで》ごと右腕《みぎうで》を斬《き》り裂《さ》き、血《ち》が飛《と》び散《ち》る。

「アズ!!」

ニナが機転《きてん》をきかし、とっさにしゃがみこんでヘッドドレスごとかつらを外《はず》した。

敵《てき》の手《て》から逃《のが》れ、まっすぐにアズールの胸《むね》へと飛《と》びこむ。

アズールはニナを左腕《ひだりうで》だけで抱《だ》くと、無言《むごん》で剣《けん》をふるった。

刃《やいば》が空気《くうき》を斬《き》り裂《さ》く音《おと》にニナが思《おも》わず目《め》をつぶり、再《ふたた》び目《め》を開《あ》けたときには、男《おとこ》たちが血《ち》まみれで息絶《いきた》えていた。

「あっ。あの人《ひと》……。」

黒《くろ》マントの男《おとこ》にはまだ息《いき》があった。フードが外《はず》れ、顔《かお》があらわになっている。わずかな月明《つきあ》かりに照《て》らされたその顔《かお》は……ニナに、街《まち》への抜《ぬ》け道《みち》を教《おし》えた貴族《きぞく》だった。

井戸《いど》に落《お》ちたとき、アズールとニナを陰《かげ》から見《み》ていた男《おとこ》たちのひとり。そして王宮《おうきゅう》の中《なか》でときおりニナが感《かん》じていた視線《しせん》もこの男《おとこ》だ。

「やはり……まがいものの姫《ひめ》……だったようだな。」

憎悪《ぞうお》のこもった目《め》でアズールをにらみつけている。

「どういうつもりだったかは聞《き》かぬ。死人《しにん》に口《くち》はないからな。」

「アズール王子《おうじ》！　この簒奪者《さんだつしゃ》め……!!」

簒奪者《さんだつしゃ》とは、王位《おうい》を奪《うば》う者《もの》のこと。

だが男《おとこ》の最期《さいご》の言葉《ことば》はアズールの一太刀《ひとたち》で遮《さえぎ》られ、とたんに静寂《せいじゃく》が訪《おとず》れる。

血《ち》のにおいと転《ころ》がる死体《したい》に、ニナは言《い》いようのない恐怖《きょうふ》に襲《おそ》われる。

だが、アズールの腕《うで》から血《ち》がしたたり落《お》ちていることに気《き》がつくと、その恐怖《きょうふ》も吹《ふ》き飛《と》んでしまった。

「ケガ!?」

「かすり傷《きず》だ。」

アズールはそう言《い》うが、血《ち》は手《て》の甲《こう》をつたってポタポタと地面《じめん》に落《お》ちていく。

(おれのせい……!!!)

「おまえのせいじゃないぞ。」

心《こころ》を読《よ》んだように、アズールが言《い》う。

「やつらのねらいは俺《おれ》を排《はい》することなのだからな。まったく……気《き》の早《はや》いことだ……。」

ひとりごとのように言《い》うと、腰掛《こしか》け用《よう》の石《いし》に腰《こし》を下《お》ろした。

「おい！　やっぱり痛《いた》むんだろう!?」

「……お人好《ひとよ》しめ。」

心配《しんぱい》するニナを見《み》ることなく、アズールはまぶたを閉《と》じる。

そして静《しず》かに言《い》った。

「いいぞ。」

「え？」

「今《いま》なら俺《おれ》も追《お》わない。どこか遠《とお》くへ逃《に》げるがいい。」

アズールは逃《に》げろと言《い》わんばかりに、目《め》をつぶったままだ。

(な……なんで今《いま》さら。さっき、おれがそう言《い》ったから?)

思《おも》わず「全部《ぜんぶ》おまえのせいだ。」と叫《さけ》んだけれど、それは本心《ほんしん》じゃない。

「おれ――……あたしがいなくなったら困《こま》るんじゃないのかよ……。」

「また……なんとかするだけだ。逃《に》げるならさっさと……。」

「また身代《みが》わりを作《つく》るとかだったら、おんなじことだかんな!」

ニナは最後《さいご》まで言《い》わせなかった。

ドレスの一部《いちぶ》を破《やぶ》いて包帯代《ほうたいが》わりにすると、アズールの前《まえ》にひざをつく。

斬《き》りつけられた袖《そで》をめくると幸《さいわ》いにも傷《きず》は浅《あさ》く、包帯《ほうたい》できつくしばって止血《しけつ》する。

「……前《まえ》、あたしのこと必要《ひつよう》だって言《い》ったよな。今《いま》も本当《ほんとう》か?」

「ああ――だが……。」

「じゃあいいよ。さっきのはやつあたりだ。あんときすでに、名前《なまえ》呼《よ》んでくれる人《ひと》なんていなかったんだ。」

〃ニナ〃が死《し》ぬのは、アズールのせいじゃない。

身代《みが》わりの姫《ひめ》がどういう運命《うんめい》をたどったとしても、受《う》け入《い》れる。

(おまえはあたしを、必要《ひつよう》だと言《い》った。その言葉《ことば》にめんじて……。)

「許《ゆる》してやる。死《し》んでやるよ。」

笑《わら》って言《い》ったつもりが、泣《な》き笑《わら》いになる。

そのさびしすぎる笑顔《えがお》が、アズールに突《つ》き刺《さ》さる。

空《から》っぽの心《こころ》に、今《いま》まで感《かん》じたことのない感情《かんじょう》があふれ出《だ》した。

それが愛《いと》しさであることは、アズール自身《じしん》にもわかっていない。

抑《おさ》えきれず、ニナを引《ひ》き寄《よ》せて抱《だ》きしめる。

「……おまえがアリシャでないことを、俺《おれ》は知《し》っている。」

ただ、ニナの願《ねが》いを叶《かな》えてあげたい。そう思《おも》った。

「ニナ。ふたりのときはそう呼《よ》ぼう。」

アズールの言葉《ことば》に、ニナの青《あお》い瞳《ひとみ》から涙《なみだ》がこぼれる。

(願《ねが》いをひとつだけ祈《いの》るなら……星《ほし》の神《かみ》さま……たったひとりでいいから、あたしに

おまえがアリシャでないことを俺は知っている

……。）

だれかひとりだけでも、自分《じぶん》を必要《ひつよう》としてほしい。

〝ニナ〟を忘《わす》れないでいてくれる人《ひと》がほしい。

その願《ねが》いを、アズールが叶《かな》えてくれた。

（あとひと月半《つきはん》か……ヘンだなぁ……胸《むね》が痛《いた》い。）

抱《だ》きしめられるままアズールの胸《むね》にそっと顔《かお》をうずめ、ニナは静《しず》かに目《め》を閉《と》じた。

ひとつだけ 祈るなら 星の神さま
たった ひとりで いいから あたしに…
あと ひと月半か…
ヘンだなぁ…
胸が痛い

第《だい》五夜《や》　ふたつの運命《さだめ》

星祭《ほしまつ》りの夜《よる》から数日後《すうじつご》。華《はな》やかな宮殿《きゅうでん》からすこし離《はな》れた、王宮《おうきゅう》の厩舎《きゅうしゃ》。

「よっ。はっ。」

晴《は》れ渡《わた》る空《そら》の下《した》、ニナは白馬《はくば》の手綱《たづな》を取《と》って、馬場《ばば》をトコトコと走《はし》っていた。

王宮《おうきゅう》から出《で》られないニナの息抜《いきぬ》きのために、アズールが乗馬《じょうば》をさせてくれたのである。

「初《はじ》めてなのにほぼ乗《の》りこなしてますね……。」

お姫《ひめ》さま特訓《とっくん》で手《て》こずったのがうそのような飲《の》みこみの早《はや》さに、ダイタスが目《め》を見張《みは》る。

「頭《あたま》を使《つか》わないことは早《はや》いな。」

アズールは、感心《かんしん》するというよりはほぼあきれている。

そこにひとしきり走《はし》り回《まわ》り、乗馬《じょうば》を満喫《まんきつ》したニナが戻《もど》ってきた。

「馬楽《うまたの》しい!!　外走《そとはし》りたい!!　てか今《いま》、悪口言《わるくちい》ってなかった？」

「地獄耳《じごくみみ》か……。だめだ。べつに乗馬《じょうば》は必須《ひっす》ではないからな。なにかのときのために、覚《おぼ》えておいて損《そん》はないが。」

「なにか――って、このあいだみたいな……？」

ニナが聞《き》く。星祭《ほしまつ》りの夜《よる》、街《まち》で男《おとこ》たちに襲《おそ》われた事件《じけん》のことだ。

「それは忘《わす》れろと言《い》ったろう。終《お》わったことだ。」

そう言《い》われて忘《わす》れられるわけもない。男《おとこ》たちはアズールを王子《おうじ》とわかったうえで襲《おそ》ってきたし、そのうちのひとりは王妃《おうひ》たちと一緒《いっしょ》にいた貴族《きぞく》だった。

――アズール王子《おうじ》！　この簒奪者《さんだつしゃ》め……!!

死《し》に際《ぎわ》に、あの貴族《きぞく》が残《のこ》した言葉《ことば》。

(あの人《ひと》はたぶん、王妃《おうひ》さまの手下《てした》で……「アズが王位《おうい》を奪《うば》いそう」だから襲《おそ》った？　本《ほん》当《とう》にもう「終《お》わったこと」なのかな……。)

王妃《おうひ》が第《だい》二王子《おうじ》のアズールをうとましく思《おも》うあまり、いっそ殺《ころ》してしまえ、となったのかもしれない。あの夜《よ》からずっと考《かんが》えているが、アズールはなにも教《おし》えてくれず、真相《しんそう》はわからないままだ。

「……あれ？　ダイタスは？」

いつの間《ま》にかダイタスの姿《すがた》がなかった。

「厩舎《きゅうしゃ》に馬《うま》を戻《もど》しに行《い》ったが？」

アズールの言《い》ったとおり、さっきまで乗《の》っていた白馬《はくば》も見当《みあ》たらない。

あたりを見回《みまわ》すと、広々《ひろびろ》とした馬場《ばば》にはアズールと自分《じぶん》だけ。

〝あの約束《やくそく》〟をしてから、初《はじ》めてのふたりきりだ。

アズールの後《うし》ろにはいつもダイタスが控《ひか》えているし、ニナにはどこに行《い》くにも女官《にょかん》たちがついてくる。

そうでなくても執務《しつむ》で忙《いそが》しいアズールと会《あ》う機会《きかい》は少《すく》なく、実《じつ》はあれ以来《いらい》、一度《いちど》も名前《なまえ》を呼《よ》んでもらっていない。

ニナはアズールの袖《そで》を、キュッとつまんで引《ひ》っ張《ぱ》ってみる。

「なんだ？」

「今《いま》っ。だれもいないぞ。」

だがアズールはぜんぜんピンときていないらしく、微妙《びみょう》な空気《くうき》が流《なが》れる。

「……いない……ぞ。」

もう一回《かいい》言ってみる。照《て》れくさくて、もう顔《かお》が真《ま》っ赤《か》だ。

(……あ。)

その赤《あか》い顔《かお》を見《み》て、アズールもようやく意味《いみ》がわかった。

「ニ……ナ……。」

やっと名前《なまえ》を呼《よ》んでもらえて、ニナは心《こころ》に花《はな》が咲《さ》いたような、幸《しあわ》せな気分《きぶん》になる。

「はい。」

ほころぶような笑顔《えがお》で返事《へんじ》をされ、逆《ぎゃく》に気恥《きは》ずかしくなったのはアズールだ。

「なんだその笑顔《えがお》は……。名前《なまえ》で呼《よ》ばれるのがそんなにうれしいものか……?」

「うんっ。」

(なんかねぇ、ほわほわする……。この前《まえ》までにっくきやつだったのに、おかしいよな?)

ちゃんと自分《じぶん》を知《し》ってくれている人《ひと》がいる。アズールが名前《なまえ》を呼《よ》んでくれることも、それがふたりだけの秘密《ひみつ》なことも、ニナはうれしかった。

はい
へへっ
なんだ その笑顔は…
名前で呼ばれるのがそんなにうれしいものか…?
うんっ
なんかねぇ
ちゃんとあたしを知ってくれてる人がいる
ほわほわする…

そして、その翌日《よくじつ》。

「なんだこれ。」

テーブルの上《うえ》に、いくつかの色糸《いろいと》を組《く》み合《あ》わせて編《あ》んだ美《うつく》しい組《く》み紐《ひも》があった。

「ああ。それはフィタというらしいですよ。」

女官《にょかん》が説明《せつめい》してくれた。

「手首《てくび》に巻《ま》くお守《まも》りで。女官《にょかん》たちのあいだで最近《さいきん》はやっているのですって。想《おも》いや祈《いの》りをこめて編《あ》むのです。とっても簡単《かんたん》ですよ。大事《だいじ》な人《ひと》にあげたり……自分《じぶん》でつけたり。まぁ女官《にょかん》たちは、主《おも》に好《す》きな方《かた》を想《おも》って作《つく》るそうですけども。」

好《す》きな方《かた》。突如頭《とつじょあたま》に浮《う》かんだのは、自分《じぶん》の名《な》を呼《よ》ぶアズールだった。

——ニナ。

すこしはにかみながら、やさしく名前《なまえ》を呼《よ》んでくれた。

あのときのアズールを思《おも》い出《だ》し、胸《むね》がキュンとする。

「うわわわわ！」

そんな自分《じぶん》にびっくりして、思《おも》わず叫《さけ》んでしまった。

(ちがうちがう、名前《なまえ》呼《よ》んでくれる人《ひと》だから!!　まあちょっとはいいやつだけどっ。)

ブンブン頭《あたま》をふりながら、頭《あたま》の中《なか》のアズールを追《お》いはらおうとする。

(そういうんじゃない!!　ぜんぜんないっ。ふつう!!)

否定《ひてい》してみたけれど、心臓《しんぞう》のドキドキがおさまらない。

(だってあたし、嫁《よめ》に行《い》くし!!)

力強《ちからづよ》く心《こころ》の中《なか》で宣言《せんげん》してみる。そう、ときめいている場合《ばあい》じゃないのだ。

(……嫁《よめ》……嫁《よめ》かー。)

嫁入《よめい》りのことを考《かんが》えたら、今度《こんど》は気分《きぶん》がズーンと落《お》ちこんだ。

あと一か月《げつ》でガルガダの王子《おうじ》と結婚《けっこん》。いまだ実感《じっかん》はわかないし、みんなと別《わか》れるなんて、考《かんが》えただけでさびしくなってしまう。

叫《さけ》んだり落《お》ちこんだり……百面相《ひゃくめんそう》のように表情《ひょうじょう》がころころと変《か》わるニナを、女官《にょかん》たちは心配《しんぱい》そうに見《み》つめていた。

「遠乗《とおの》り⁉」

ニナの顔《かお》が、パーッと明《あか》るくなる。

アズールが城外《じょうがい》に連《つ》れていってくれるというのだ。しかも、馬《うま》に乗《の》って。

「女官《にょかん》たちがな。気分転換《きぶんてんかん》が必要《ひつよう》だろうと。まぁいい機会《きかい》だしな……。」

昨日《きのう》のニナの様子《ようす》を見《み》て、女官《にょかん》たちがアズールに相談《そうだん》してくれたらしい。

「やったー！　やったー！」

ニナは馬《うま》に乗《の》れるのも、王宮《おうきゅう》の外《そと》に出《で》られるのもうれしい。

厩舎《きゅうしゃ》へ行《い》くと、すでにニナ、アズール、ダイタスが乗《の》る三頭《とう》が用意《ようい》されていた。

「わー！　こっちがあたしの馬《うま》──っ。よろしくね。」

はしゃぎまわるニナを見《み》て、アズールにも笑《え》みがこぼれる。

だがその笑顔《えがお》が、にわかにくもった。

アズールがいつも乗《の》っている黒毛《くろげ》の馬《うま》。その手綱《たづな》の革《かわ》に数《すう》か所《しょ》、不自然《ふしぜん》な切《き》れこみが入《はい》っている。だれかがわざと切《き》ったらしい。使《つか》っているうちに裂《さ》けて、綱《つな》が切《き》れる細工《さいく》だ。もし乗馬中《じょうばちゅう》に切《き》れたら、落馬《らくば》はさけられない。

「なぁ。もう乗《の》っていい？　アズ？」

なにも知《し》らないニナがせかすと、アズールはすこし考《かんが》えてこう言《い》った。

「やっぱり、まだひとりで乗《の》せるのは心配《しんぱい》だな。ふたりで乗《の》ろう。」

「えっ。」

ニナがとまどうのもかまわず、アズールがてきぱきと指示《しじ》を出《だ》す。

「ダイタス、そっちの馬《うま》をよこせ。おまえは姫《ひめ》の馬《うま》に。」

手綱《たづな》に細工《さいく》された馬《うま》を厩舎《きゅうしゃ》に戻《もど》し、ニナをひょいとダイタスの馬《うま》に乗《の》せる。自分《じぶん》もその後《うし》ろに乗《の》ると、ニナを抱《だ》きかかえるようにして、手綱《たづな》をつかんだ。

驚《おどろ》いたのはニナである。

（ふたり乗《の》りって……なんだこれぇ！　なんかっ。恥《は》ずかしいっ。）

これではまるで後《うし》ろからハグされているみたいだ。

しかも背《せ》の高《たか》いアズールのあごが自分《じぶん》の頭《あたま》の上《うえ》あたりにあって、声《こえ》が耳元《みみもと》で響《ひび》く。

「もうすこし体寄《からだよ》せろ。」

アズールの言《い》うとおり、ぴったりくっついていないと危《あぶ》ないのはわかる。わかるけど、恥《は》ずかしくて胸《むね》がドキドキする。

「うっ。うらあっ。」

「だっ。そうじゃないっつ。」

思《おも》いっきり体《からだ》を後《うし》ろに倒《たお》したら、アズールのあごにゴツッと頭突《ずつ》きをしてしまった。

やっと出発《しゅっぱつ》したが、今度《こんど》はダイタスが「少々《しょうしょう》お待《ま》ちを……。」と出遅《でおく》れる。

「……ダイタスにあの馬《うま》は小《ちい》さかったんじゃ……。」

ニナ用《よう》の白馬《はくば》は小《ちい》さくて、見《み》るからに乗《の》りづらそうだ。

ドタバタしたが、その後《ご》の道《みち》のりは順調《じゅんちょう》だった。

遠乗《とおの》りの目的地《もくてきち》は、ダヤの街《まち》とは反対《はんたい》の山《やま》のほう。

馬《うま》を走《はし》らせ山道《やまみち》を登《のぼ》っていくと、どんどん緑《みどり》が深《ふか》くなっていく。

ふたり乗《の》りの恥《は》ずかしさも忘《わす》れて移《うつ》り変《か》わる景色《けしき》に夢中《むちゅう》になっていると、いきなり視界《しかい》が開《ひら》け、目的地《もくてきち》に着《つ》いた。

山《やま》の中腹《ちゅうふく》、せり出《だ》した岩《いわ》の上《うえ》で、はるか遠《とお》くの山々《やまやま》まで見渡《みわた》せる。

「すごい遠《とお》くまで見《み》えるー！」

切《き》り立《た》つ岩山《いわやま》に、広《ひろ》がる平野《へいや》。どこまでも続《つづ》く雄大《ゆうだい》な眺《なが》めに、ニナは目《め》を輝《かが》かせる。

「んー……あそこに見《み》える赤《あか》い屋根《やね》はなにかなぁ。」

ニナが指《ゆび》さしたのは、緑《みどり》の中《なか》にぽつんと見《み》える赤《あか》い屋根《やね》の建物《たてもの》。

「ああ……王族《おうぞく》の離宮《りきゅう》だ。あそこには今《いま》、大上皇《だいじょうこう》がおられる。」

「大上皇《だいじょうこう》ってえらい人《ひと》だっけ。」

「曽祖父《そうそふ》だ。習《なら》ったろう？　この国《くに》の繁栄《はんえい》の基盤《きばん》を作《つく》った。おまえふうに言《い》うと、現王《げんおう》より、はるかに『えらい人《ひと》』だな。」

大上皇《だいじょうこう》は、フォルトナの前《まえ》の王《おう》さま。ムフルムの言《い》っていた「ひいおじいさま」のことだ。

アズールの口調《くちょう》に、ふと、昔《むかし》をなつかしむようなやさしい響《ひび》きが加《くわ》わる。

「四つのころから十年《ねん》――いろいろ教《おそ》わった……。恨《うら》むこともあったが、尊敬《そんけい》もしている……。」

ニナが初《はじ》めて聞《き》く、アズールの話《はなし》だった。

（大上皇《ひいじいさん》って、アズにとって大事《だいじ》な人《ひと》なのかも……。）

冷徹《れいてつ》に見《み》えるアズールにも、大切《たいせつ》な思《おも》い出《で》や大事《だいじ》な家族《かぞく》がいる。
(アズは……あたしのことはどう思《おも》ってんだろ……。)
つい、そんなことを考《かんが》えてしまって、また胸《むね》がドキドキしてくる。
ずっと男《おとこ》の子《こ》として生《い》きてきたから、ニナはまだ恋《こい》をしたことがない。
(あたしは……あたしはさ……。)
背中《せなか》のあたたかさと、耳元《みみもと》で響《ひび》く心地《ここち》よい声《こえ》。
「気晴《きば》らしになったか？　女官《にょかん》らをあまり心配《しんぱい》させるなよ——ニナ。」
ニナ。思《おも》いがけず名前《なまえ》を呼《よ》ばれて、さらに胸《むね》の鼓動《こどう》が大《おお》きくなる。
(す……。うーーんと、えーーと……。)
〝好《す》きな人《ひと》〟と認《みと》めるのはまだ恥《は》ずかしい。
(とくべ……つ……。んーと……。だいじなひと……？)
だから、心《こころ》でそっと〝大事《だいじ》な人《ひと》〟と言《い》ってみる。
(そう、大事《だいじ》な人《ひと》だから……。)

す……
うーんとぇーーと…
とくべ…つ…んーと…
だいじなひと…？
そう
大事な人だから

翌日《よくじつ》。ニナは組《く》み紐《ひも》のフィタを作《つく》り、アズールに贈《おく》ることにした。

アズールの瞳《ひとみ》の色《いろ》に近《ちか》い金糸《きんし》に、象牙色《ぞうげいろ》と紺色《こんいろ》の糸《いと》を組《く》み合《あ》わせる。編《あ》み方《かた》は一度《いちど》覚《おぼ》えるとたしかに簡単《かんたん》で、一日《にち》かからずに完成《かんせい》した。

「よしっ。」

でき栄《ば》えに満足《まんぞく》すると、すぐにアズールの私室《ししつ》へ向《む》かう。

ひとり歩《ある》きは禁止《きんし》されているので、バレないようにこそこそと中庭《なかにわ》を通《とお》り、窓《テラス》からそっと中《なか》をうかがった。

(いるいる。)

「ア……。」

名前《なまえ》を呼《よ》ぼうとして、ダイタスもいることに気《き》がついた。

なんだか深刻《しんこく》な話《はなし》をしているようで、いつもよりさらに声《こえ》が低《ひく》い。

「昨日《きのう》の馬《うま》の件《けん》ですが、やはり手綱《たづな》だけでなく、鞍《くら》のほうにも切《き》れこみが。あのまま乗《の》っていたら、危《あぶ》なかったかもしれません。替《か》えて正解《せいかい》でした。」

(えっつ。あれってそういうことだったの!?)

アズールが「ふたりで乗《の》ろう。」と言《い》った本当《ほんとう》の理由《りゆう》を知《し》って、愕然《がくぜん》としてしまう。

（……ダイタスはあたしの馬《うま》に乗《の》ったから……アズの馬《うま》だけにってこと？　どうして……？）

ダイタスが話《はな》を続《つづ》ける。

「日《ひ》に日《ひ》に増《ま》してきてます。いいかげん、なんとかしないとわたしでも守《まも》りきれません……。ここはやはり大上皇《だいじょうこう》に……。」

星祭《ほしまつ》りの夜《よる》の襲撃《しゅうげき》に、馬《うま》への細工《さいく》。アズールの命《いのち》をねらっている者《もの》がいるのだ。

だが、当《とう》のアズールは淡々《たんたん》とダイタスの提案《ていあん》をしりぞけた。

「なにもしなくていい。今《いま》すぐは困《こま》るが……それが国《くに》のためで国《くに》の意志《いし》なら、排《はい》されるのもしかたない。この身《み》はそういう星《ほし》の下《した》に生《う》まれたのだから。」

排《はい》されるとは、つまり殺《ころ》されるということ。

そしてニナの大嫌《だいきら》いな、「星《ほし》の下《した》」という言葉《ことば》。

「アズッ！」

気《き》づけば部屋《へや》の中《なか》に飛《と》びこんでいた。

「!?」

「おまえ……また……!!」

突然《とつぜん》、テラスから入《はい》ってきたニナに、ダイタスとアズールが驚《おどろ》く。

「おまえっ。今《いま》、死《し》んでもいいみたいに聞《き》こえたぞ！　危《あぶ》ないってわかってて、なんでほっといてるんだよ！　ほっといて本当《ほんとう》に死《し》んだらどうするんだ！」

「それまでだ。」

アズールはあくまで冷静《れいせい》だ。

「それまで!?　それまでってなんだよ!!」

他人事《ひとごと》のような態度《たいど》に、ニナの怒《いか》りが加速《かそく》する。

「おまえが思《おも》うより俺《おれ》の命《いのち》は軽《かる》い。それはしかたのないことなんだ。」

「軽《かる》い？　そんなわけないだろっっ。おまえがそんなこと言《い》ったら、あたしは……それじゃあ、あたしはなんのために──。」

アズールが必要《ひつよう》としてくれたから、居場所《いばしょ》ができた。

名前《なまえ》を呼《よ》んでくれて、大事《だいじ》な人《ひと》になった。

なのに、そのアズールがいなくなったら、いったいなんのためにこんなことをしているのかわからない。

「よけいなことは考《かんが》えなくていい。おまえは自分《じぶん》の役目《やくめ》だけ考《かんが》えていろ。ニナ。」

ダイタスの前《まえ》で名前呼《なまえよ》びをされて、ニナはさらにカッとなる。

「ふたりじゃないときに呼《よ》ぶなバカッ。」

持《も》っていたフィタをパシッとアズールに投《な》げつけると、そのまま部屋《へや》を飛《と》び出《だ》した。

(アズールのバカッ。なんであんなふうにっ。バカッ。あれじゃまるで、死《し》んでもいいみたいじゃないかっ。)

命《いのち》が軽《かる》いだなんて、そんなわけないのに。

「おや。アリシャ。早足《はやあし》でどうかしたのかね?」

大股《おおまた》で歩《ある》いていると突然名前《とつぜんなまえ》を呼《よ》ばれ、ニナは自分《じぶん》が隠《かく》れるのをすっかり忘《わす》れて回廊《かいろう》を使《つか》っていたことに気《き》づく。しかも声《こえ》の主《ぬし》を見《み》て驚《おどろ》いた。

(王《おう》さま!!)

側近《そっきん》と武官《ぶかん》を連《つ》れているが、王妃《おうひ》はいない。

（そうだ。王《おう》さまに言《い》えば――……。）

国王《こくおう》はアズールの父親《ちちおや》だ。息子《むすこ》が命《いのち》をねらわれていると知《し》れば、きっと守《まも》ってくれるにちがいない。だが……。

「星祭《ほしまつ》りの夜《よる》は、具合《ぐあい》が悪《わる》くて早《はや》めに休《やす》んだそうだね。残念《ざんねん》なことだ。」

国王《こくおう》が気《き》の毒《どく》そうにまゆ尻《じり》を下《さ》げたのを見《み》て、それはできないと気《き》づく。

（……そうか……王《おう》さまはなにも知《し》らないんだ……。）

あの夜《よる》、ニナとアズールを殺《ころ》そうとしたのはおそらく王妃《おうひ》の手下《てした》。

国王《こくおう》にとっては、自分《じぶん》の妻《つま》がわが子《こ》を暗殺《あんさつ》しようとしたことになる。

（王妃《おうひ》さまのことだし……言《い》えないよな……。）

もどかしい思《おも》いが顔《かお》に出《で》てしまったらしい。

「浮《う》かない顔《かお》だねぇ。なにか困《こま》ったことでもあったかね？」

「いえ。なにもっ。」

あわててニナが首《くび》を横《よこ》にふった。

「そうか。なにかあれば、いつでも言《い》いなさい。」

国王《こくおう》が目《め》を細《ほそ》める。どこか頼《たよ》りなさもにじむ、いつものやさしげなほほえみだ。

そして従者《じゅうしゃ》がシャタルの相手《あいて》が待《ま》っていると伝《つた》えると、「シャタル♪　シャタル♪」と足取《あしど》り軽《かる》く去《さ》っていってしまった。言葉《ことば》をかわしたのはそれだけで、ニナはため息《いき》をつく。

(王《おう》さまには頼《たよ》れない……だからアズはあんなふうに……。)

王妃《おうひ》より地位《ちい》の高《たか》い人間《にんげん》ならきっと、アズールを守《まも》ってくれるのに。

(なにか……方法《ほうほう》ないのかな？　アズを助《たす》けてくれるような力《ちから》のある——……。)

翌朝《よくあさ》。ニナはこっそり王宮《おうきゅう》を抜《ぬ》け出《だ》し、馬《うま》に乗《の》って山道《やまみち》を駆《か》けていた。

目指《めざ》すは、大上皇《だいじょうこう》が住《す》む赤《あか》い屋根《やね》の離宮《りきゅう》。

(大上皇《だいじょうこう》さまの住《す》む離宮《りきゅう》へは、徒歩《とほ》で半日《はんにち》。馬《うま》ならそれで往復《おうふく》できる。道《みち》は覚《おぼ》えた。大丈夫《だいじょうぶ》。いろいろ学《まな》んできたから……なんとかなる。)

今《いま》ごろ女官《にょかん》たちは大騒《おおさわ》ぎだろうが、今回《こんかい》は「心配《しんぱい》しないでください。」と置《お》き手紙《てがみ》もしてきた。半日《はんにち》で戻《もど》れば大丈夫《だいじょうぶ》。そう自分《じぶん》に言《い》い聞《き》かせ、ひたすら道《みち》を急《いそ》ぐ。

国王《こくおう》以外《いがい》で王妃《おうひ》よりえらい人物《じんぶつ》は、フォルトナでは大上皇《だいじょうこう》ただひとり。

アズールの曽祖父《そうそふ》であり、子《こ》どものころ、いろいろ教《おそ》わったとも言《い》っていた。

必《かなら》ず力《ちから》になってくれるはず。

「あ。」

だが、気持《きも》ちがせいたのか体勢《たいせい》を崩《くず》し、鞍《くら》からずるりとすべり落《お》ちてしまう。

ドシャッと地面《じめん》に叩《たた》きつけられる。

「ぐっ……。」

強《つよ》く背中《せなか》を打《う》ち、体中《からだじゅう》が痛《いた》い。

「いたっ。たったっ。」

それでも、根性《こんじょう》で立《た》ち上《あ》がる。

ニナが落《お》ちたことに気《き》づいた白馬《はくば》が、心配《しんぱい》そうに顔《かお》を寄《よ》せてくる。

「びっくりした？　ごめんごめん、へたで。大丈夫《だいじょうぶ》。今度《こんど》は落《お》ちないから。どうしても行《い》きたいんだ。大事《だいじ》な人《ひと》が危《あぶ》ないからさ。協力《きょうりょく》してくれよな。」

白馬《はくば》はまるで言葉《ことば》が通《つう》じているかのように、鼻面《はなづら》をすりつけてくる。

（よけいなことって言《い》われても……もうだれかを失《うしな》いたくないから――……。）

ひらりと白馬《はくば》にまたがると、ニナはまた馬《うま》を走《はし》らせた。

数時間後《すうじかんご》。大上皇《だいじょうこう》の住《す》む離宮《りきゅう》では、いきなりアリシャ姫《ひめ》を名乗《なの》る少女《しょうじょ》が現《あらわ》れて、騒然《そうぜん》となった。星離宮育《ほしりきゅうそだ》ちの姫巫女《ひめみこ》が、馬《うま》に乗《の》ってひとりでやってくるなどありえない。ふつうなら門前《もんぜん》ばらいだが、そこはニナの青《あお》い瞳《ひとみ》がものを言《い》った。

あの瞳《ひとみ》は本物《ほんもの》にちがいない――。

しばらく待《ま》たされた後《あと》、ニナは中《なか》へと通《とお》された。華美《かび》ではないが、王族《おうぞく》の住《す》まいらしい重厚《じゅうこう》さと気品《きひん》がある広《ひろ》い屋敷《やしき》。

静《しず》かな通路《つうろ》の先《さき》、奥《おく》の間《ま》の扉《とびら》が開《ひら》くと、その人《ひと》はいた。

「約束《やくそく》もなしに押《お》しかけるとはな。まぁいい。面《おもて》を上《あ》げよ。」

大上皇《だいじょうこう》は、大《おお》きなソファーに従者《じゅうしゃ》ふたりをしたがえて座《すわ》っていた。

かなりの高齢《こうれい》で、チュニックの袖《そで》から出《で》ている腕《うで》は枯《か》れ木《き》のように細《ほそ》い。だが低《ひく》く響《ひび》く声《こえ》も、強《つよ》い光《ひかり》を秘《ひ》めた瞳《ひとみ》も、威厳《いげん》に満《み》ちていて、ニナは自然《しぜん》とひざを折《お》る。

（……この人《ひと》が大上皇《だいじょうこう》さま。）

アズールとムフルムのひいおじいさん。

「お……お初《はつ》にお目《め》にかかります。アリシャ・セス・フォルトナです。大上皇《だいじょうこう》さまはたいへんお力《ちから》のある方《かた》だと聞《き》いてお願《ねが》いに参《まい》りました。」

あいさつもそこそこに、思《おも》いの丈《たけ》をぶちまけた。

「どうかアズールさまを、アズールさまをお助《たす》けください。」

今《いま》この瞬間《しゅんかん》にも、魔《ま》の手《て》がアズールに伸《の》びているかもしれないのだ。

「星祭《ほしまつ》りの日《ひ》は命《いのち》を奪《うば》われそうになりました。先日《せんじつ》は馬《うま》の手綱《たづな》に仕掛《しか》けが……この先《さき》——

……いずれ命《いのち》にかかわる事態《じたい》になるかもしれません。」

だが、必死《ひっし》に訴《うった》えているにもかかわらず、大上皇《だいじょうこう》の表情《ひょうじょう》には驚《おどろ》きもとまどいも表《あらわ》れなかった。

「して、だれがそのようなことを？」

落《お》ち着《つ》きはらった声《こえ》で問《と》われ、ニナは国王《こくおう》には言《い》えなかった言葉《ことば》を口《くち》にする。

約束もなしに押しかけるとはな
まぁいい
この人が太上皇さま
おもてを上げよ
お…お初にお目にかかります
アリシャ・セス・フォルトナです

「おそれながら王妃《おうひ》さまではないかと……。アズールさまが王位《おうい》を簒奪《さんだつ》すると思《おも》っているのです。だから――……。」

「アズールがそう言《い》ったのか？」

「いいえ。アズールさまはなにもおっしゃりません。わたしが勝手《かって》に……。」

「であろうな。」

王妃《おうひ》による王子暗殺《おうじあんさつ》と聞《き》いても、大上皇《だいじょうこう》は落《お》ち着《つ》いたままだ。

「……そう育《そだ》てた。才《さい》もあった。一を言《い》えば十を理解《りかい》した。この国《くに》の要《かなめ》となるよう成長《せいちょう》した。つまり、なにもせぬということは、それがいちばんよいと思《おも》うからではないか？」

アズールと同《おな》じことを口《くち》にされ、思《おも》わずニナの声《こえ》が大《おお》きくなる。

「それはっ。アズールさまが勝手《かって》だからです。だって……わたしは……ひいじいさまだって、アズールに死《し》んだりしてほしくないでしょう。」

なにもしないのは、アズールが勝手《かって》だからだ。

臆《おく》することなくそう訴《うった》えるニナに、大上皇《だいじょうこう》のまなざしがするどくなる。

「――すこし近《ちこ》う寄《よ》れ。」

有無《うむ》を言《い》わさぬ物言《ものい》いに、ニナは立《た》ち上《あ》がって、おそるおそる数歩《すうほ》進《すす》んだ。

「もっとだ。」

「は、はい。」

さらに一歩《ぽ》を踏《ふ》み出《だ》したそのとき。

「そなた。アリシャではないな……。」

思《おも》いも寄《よ》らない言葉《ことば》だった。なぜと思《おも》う間《ま》もなく、大上皇《だいじょうこう》が従者《じゅうしゃ》の名《な》を呼《よ》ぶ。

「ガイナン!! フォーナム!!」

即座《そくざ》にそばに控《ひか》えていた従者《じゅうしゃ》ふたりが動《うご》く。

ニナを後《うし》ろ手《で》に締《し》め上《あ》げると、のど元《もと》に剣《けん》を突《つ》きつける。

「星離宮《ほしりきゅう》で育《そだ》った者《もの》が、星《ほし》の紋章《もんしょう》を踏《ふ》むものか。」

言《い》われて下《した》を見《み》ると、床《ゆか》には星《ほし》の紋章《もんしょう》をかたどったタイル。

ニナの足《あし》は、知《し》らず知《し》らずそのタイルを踏《ふ》んでいる。

（あ……。）

王宮《おうきゅう》の王族《おうぞく》がだれひとり気《き》づかなかった偽《いつわ》りの姫《ひめ》を、大上皇《だいじょうこう》はこの短時間《たんじかん》で見抜《みぬ》いたのである。

「まがいものめ！　付《つ》け焼《や》き刃《ば》にもほどがあるわ。身《み》ぐるみ剝《は》いで地下《ちか》に投獄《とうごく》しろ！」

ニナは弁解《べんかい》する間《ま》も与《あた》えられず、地下牢《ちかろう》へと引《ひ》きずられていった。

第《だい》六夜《や》　夢《ゆめ》咲《さ》く夜《よる》

地下《ちか》の牢獄《ろうごく》にニナを入《い》れたガイナンが、すでに寝室《しんしつ》へ下《さ》がっていた大上皇《だいじょうこう》のもとへと報《ほう》告《こく》に来《く》る。

「……大上皇《だいじょうこう》さま……あの……例《れい》のアリシャ姫《ひめ》のことですが……。」

「どうした。泣《な》きわめいてどうしようもないか。」

偽者《にせもの》とはいえ、少女《しょうじょ》である。恐怖《きょうふ》で取《と》り乱《みだ》しているにちがいない……そう思《おも》ったのだが。

「いえ。それが……鼻歌《はなうた》を歌《うた》ってるようで――……。」

そう。ニナは牢獄《ろうごく》の硬《かた》い寝台《しんだい》に腰《こし》かけ、鼻歌《はなうた》を歌《うた》っていた。

牢《ろう》はじめじめとしていて、石《いし》の壁《かべ》は湿気《しっけ》をふくんで冷《つめ》たい。天井《てんじょう》にはくもの巣《す》が張《は》り、崩《くず》れた壁《かべ》の穴《あな》からは、ちょろちょろとねずみが顔《かお》を出《だ》している。

「ねずみだー。なつかしーなー。こっち来《き》たって食《く》い物《もの》ないぞ。」

鼻歌を歌ってるようで――…

本物《ほんもの》の姫《ひめ》なら、いやふつうの女《おんな》の子《こ》だって卒倒《そっとう》しそうな状況《じょうきょう》だが、ニナは平気《へいき》だった。サジたちと住《す》んでいた家《いえ》も日当《ひあ》たりが悪《わる》くてねずみが出《で》たし、もらった囚人服《しゅうじんふく》にいたっては昔着《むかしき》ていたものよりずっと上等《じょうとう》だったからである。

(牢獄《ろうごく》ってどんなこわいとこかと思《おも》ったら、うちとあんま変《か》わんないな。こわがってそんした。)

つい鼻歌《はなうた》が出《で》てしまったが、安心《あんしん》してばかりもいられない。

(せめてほかの人《ひと》たちは許《ゆる》してもらわなきゃ。ひとりで勝手《かって》して失敗《しっぱい》したんだもの……。それでももう一度《いちど》、アズのこと守《まも》ってもらえるよう頼《たの》むんだ。)

ぐっと、両手《りょうて》のこぶしを握《にぎ》る。

(そのためにも……すこしでも心証《しんしょう》よくなることしときたいなぁ……。)

牢獄《ろうごく》の中《なか》でも、なにかできないか？

うす汚《よご》れた牢内《ろうない》を見回《みまわ》しているうちに、ひとつ、よい考《かんが》えがひらめいた。

……しばらくして、またガイナンが大上皇《だいじょうこう》のもとを訪《おとず》れた。

「なんだと。」

大上皇《だいじょうこう》が顔《かお》をしかめる。

「——ですから……楽《たの》しそうに歌《うた》いながら、牢《ろう》の中《なか》を掃除《そうじ》しはじめまして。」

控《ひか》えめな鼻歌《はなうた》が楽《たの》しげな歌声《うたごえ》に変《か》わったので見《み》に行《い》くと、ニナは囚人服《しゅうじんふく》の帯《おび》をはたき代《が》わりにして天井《てんじょう》のくもの巣《す》をはらい、床《ゆか》のゴミを掃《は》いていた。

「なんのために。」

「さあ……皆目見当《かいもくけんとう》もつかず……。」

処刑《しょけい》されてもおかしくない状況《じょうきょう》だというのに、なぜ掃除《そうじ》を始《はじ》めたのか？

ニナとしてはきれいにすれば大上皇《だいじょうこう》に喜《よろこ》んでもらえると思《おも》ったのだが、もちろんその意《い》図《と》はまったく伝《つた》わらず、謎《なぞ》は深《ふか》まるばかりである。

「……少々脅《しょうしょうおど》してやるがよい。」

大上皇《だいじょうこう》に命令《めいれい》され、再《ふたた》びガイナンがニナの牢獄《ろうごく》へ。

「おまえは明日《あす》、百叩《ひゃくたた》きの刑《けい》に処《しょ》される予定《よてい》だぞ？」

泣《な》いておびえるかと思《おも》いきや、ニナはまた予想《よそう》のななめ上《うえ》の返事《へんじ》をしてくる。

「えっ。なぁんだ、やさしいんだな！」

盗《ぬす》みがバレて殴《なぐ》られるくらいのことはしょっちゅうだったので、むしろ（打《う》ち首《くび》じゃないのか〜!!!）とホッとしてしまった。

そしてこの報告《ほうこく》を受《う》けた大上皇《だいじょうこう》は、いよいよ首《くび》をかしげた。

こらしめるつもりが、鼻歌《はなうた》に掃除《そうじ》。百叩《ひゃくたた》きにも動《どう》じない。

そんな娘《むすめ》には、ついぞ会《あ》ったことがなかったのである。

そのままニナは一夜《いちや》を牢獄《ろうごく》で過《す》ごし、翌日《よくじつ》。

大上皇《だいじょうこう》の前《まえ》に引《ひ》きずり出《だ》され、ごくりとつばを飲《の》みこんだ。大上皇《だいじょうこう》はなんとも言《い》えない微妙《びみょう》な顔《かお》をしていて、あまり機嫌《きげん》がよさそうには見《み》えない。

（……こんなに早《はや》くまた会《あ》ってくれるなんて。これが最後《さいご》の機会《きかい》かもしれない。のがしちゃだめだ。）

ニナははやる気持《きも》ちのまま、床《ゆか》に手《て》をつき、頭《こうべ》を深《ふか》く垂《た》れる。

「お願《ねが》いします！　どうかアズールさまを助《たす》けてあげてください!!」

「牢《ろう》から出《で》て最初《さいしょ》の言葉《ことば》がそれか。偽《いつわ》ったことへの謝罪《しゃざい》もなしか。」

大上皇《だいじょうこう》はあきれたように首《くび》をふるが、ニナは懸命《けんめい》に自分《じぶん》の思《おも》いを伝《つた》える。

「もっ、申《もう》し訳《わけ》ございません。もちろんどんな罰《ばつ》でも受《う》けます！　百叩《ひゃくたた》きだろうと、打《う》ち首《くび》だろうと。でもそれはあたしだけで、ほかの人《ひと》はどうか許《ゆる》してください。みんないい人《ひと》です。」

「いい人《ひと》？　おまえは利用《りよう》された側《がわ》であろうに。犠牲《ぎせい》になる必要《ひつよう》がどこにある。」

自《みずか》らの命乞《いのちご》いではなく、自分《じぶん》に関《かか》わる人間《にんげん》の命《いのち》を心配《しんぱい》しているニナに、大上皇《だいじょうこう》は試《ため》すように言《い》う。

「あたしに居場所《いばしょ》をくれた人《ひと》たちなんです。大切《たいせつ》なんです。だって、一緒《いっしょ》に暮《く》らしてたら家族《かぞく》になっちゃうんですよ！」

ニナが言葉《ことば》を重《かさ》ねる。両親《りょうしん》が死《し》に、コリンが死《し》に、サジがいなくなり、一度《いちど》は名前《なまえ》まで奪《うば》われた。もうこれ以上《いじょう》、居場所《いばしょ》を、家族《かぞく》を、大事《だいじ》な人《ひと》を失《うしな》いたくなかった。

「一緒《いっしょ》に暮《く》らすと家族《かぞく》……か……。」

おもしろいことを聞《き》いたとでもいうように、大上皇《だいじょうこう》はかすかな笑《え》みをもらした。

「……アズールを助《たす》けたいと言《い》ったな。」

「は……はい！　お願《ねが》いします。大上皇《だいじょうこう》さまの力《ちから》でどうか王妃《おうひ》さまに……。」

だが、大上皇《だいじょうこう》の返事《へんじ》は期待《きたい》したものではなかった。

「わしにはもうその力《ちから》はないぞ。この足《あし》を見《み》よ。」

そう言《い》いながら、ひざ掛《か》けを持《も》ち上《あ》げる。

（あ……。）

ひざ掛《か》けの下《した》に、肉《にく》が落《お》ち皮膚《ひふ》が変色《へんしょく》した足《あし》が見《み》え、ニナは言葉《ことば》を失《うしな》った。

「この足《あし》は朽《く》ちて動《うご》かぬ。人《ひと》の手《て》を借《か》りても寝所《しんじょ》との往復《おうふく》がせいぜいよ。この先《さき》どれほどもつか。腐毒《ふどく》は全身《ぜんしん》にまわり、心《しん》の臓《ぞう》を止《と》める。……死にゆく者だ。わしはもうなにもできぬのだ。」

（そんな……それじゃあ……どうしたら。）

大上皇《だいじょうこう》にできないのなら、王妃《おうひ》を止《と》められる人《ひと》はいないということになる。

「……だが。ア、ア、アリシャなら可能《かのう》だ。」

大上皇《だいじょうこう》の口《くち》から出《で》たのは、意外《いがい》な名前《なまえ》だった。

「おまえの立場《たちば》は実《じつ》はとても強《つよ》いのだよ『アリシャ』。まずガルガダとの婚姻《こんいん》を安易《あんい》に承《しょう》知《ち》したのはわが孫《まご》——現王《げんおう》だ。これがそもそものまちがい——早計《そうけい》なのだ。わかるか？」

偽者《にせもの》のニナを、あえてアリシャと呼《よ》ぶ。

「ガルガダは侵略《しんりゃく》し、領土《りょうど》を広《ひろ》げる口実《こうじつ》がほしいのだ。友好関係《ゆうこうかんけい》にあるフォルトナに攻《せ》め入《い》る口実《こうじつ》が。だから巫女《みこ》である姫《ひめ》をほしいなどとむりを言《い》ってきた。」

星離宮《ほしりきゅう》が王家《おうけ》からも独立《どくりつ》した特殊《とくしゅ》な存在《そんざい》だということは、ニナも教《おし》えてもらって知《し》っている。その姫巫女《ひめみこ》をあえてガルガダが要求《ようきゅう》してきたのは、侵略《しんりゃく》という目的《もくてき》のため。

「つまりは……拒《こば》めば友好解消《ゆうこうかいしょう》として攻《せ》め入《い》り、嫁《とつ》がせたとしても難癖《なんくせ》つけて攻《せ》める口実《こうじつ》とし、死《し》んだと事実《じじつ》を申《もう》せば、猜疑《さいぎ》と曲解《きょっかい》をもって攻《せ》めるのだ。」

「そ……それじゃ、なにやってもだめじゃ……。」

「そうだ。ふつうならばな。ゆえにフォルトナの命運《めいうん》を左右《さゆう》するのはアリシャである——とも言《い》える。」

大上皇《だいじょうこう》の灰金目《きんめ》は、ニナを見据《みす》えている。

「おまえに覚悟《かくご》と決意《けつい》があれば——……そんな『アリシャ』なら、アズールを守《まも》ることができよう。」

大上皇《だいじょうこう》は大《おお》きなヒントをくれているとわかる。

(「アリシャ」なら──……。)

でもその先《さき》がわからない。

「あの……もうすこしくわしく……。」

「考《かんが》えよ。愚《おろ》かなままではなにも守《まも》れぬぞ。」

フォルトナ侵略《しんりゃく》を企《たくら》むガルガダ。

命《いのち》をねらわれているアズール。

この国《くに》と、ニナの大事《だいじ》な人《ひと》を守《まも》れるのは、大上皇《だいじょうこう》ではなくアリシャ姫《ひめ》。

身代《みが》わりの自分《じぶん》に、いったいなにができるのだろう?

とまどっていると、扉《とびら》の向《む》こうから騒々《そうぞう》しい声《こえ》が聞《き》こえてきた。

「──さま、お待《ま》ちを。今《いま》こちらは人《ひと》ばらい中《ちゅう》です!」

止《と》める声《こえ》とともに足音《あしおと》が大《おお》きくなる。

「──ふむ。使《つか》いをやったのは昼《ひる》だというのに……どれだけ飛《と》ばしてきたのだ。早《はや》すぎるわ。」

大上皇《だいじょうこう》があきれたように言《い》うのと、乱暴《らんぼう》に扉《とびら》が開《あ》けられたのは同時《どうじ》だった。

「のう？　アズール。」

(アズ!!!)

息《いき》を切《き》らして入《はい》ってきたのは、アズールだった。

「その娘《むすめ》は、このわしにおまえを助《たす》けてくれと言《い》ってきたぞ？」

アズールは迷《まよ》うことなくニナと大上皇《だいじょうこう》のあいだへと進《すす》み出《で》た。

「すべてはわたしの 謀《はかりごと》にございます。この者《もの》に罪《つみ》はなく……。」

「ちがうよ!!　バレたのはあたしが――……。」

罪《つみ》をかぶろうとするアズールを、ニナがあわてて止《と》める。

「黙《だま》ってろ。」「でもっ。」「わたしから申《もう》し開《ひら》きを……。」

争《あらそ》うようにかばい合《あ》うふたりに、大上皇《だいじょうこう》があきれたように言《い》う。

「もうよいわ。事情《じじょう》は察《さっ》しておる。ムダな説明《せつめい》なぞいらんわ。」

威圧感《いあつかん》は影《かげ》をひそめ、その声《こえ》はやわらかい。

「このこ、、このことはそこの従者《じゅうしゃ》ふたりしか知《し》らん。安心《あんしん》せよ。外《そと》にはもれぬ。今夜《こんや》はここでゆるりと休《やす》み、明日《あす》共《とも》に帰《かえ》るがよい。」

おとがめなしと聞《き》いて、アズールは目《め》を見張《みは》る。

「——え。あの、なにも……？　よい……と？」

アリシャ姫《ひめ》の死《し》を隠蔽《いんぺい》したのだから、本来《ほんらい》ならば処刑《しょけい》もまぬがれない重罪《じゅうざい》だ。だが、大上皇《だいじょうこう》はすべて聞《き》かなかったことにするという。

「アズールよ……。」

大上皇《だいじょうこう》がいつになくおだやかな声《こえ》で名前《なまえ》を呼《よ》んだ。

「わしは久《ひさ》しぶりに愉快《ゆかい》な気分《きぶん》になったぞ。」

その口元《くちもと》には笑《え》みまで浮《う》かんでいて、大上皇《だいじょうこう》がニナの存在《そんざい》ごと認《みと》めてくれたのだとわかる。

「——……はい。」

つられてアズールにもかすかな笑《え》みがこぼれるが、すこしだけまゆを寄《よ》せた笑《わら》い方《かた》に、ホッとしたような困《こま》ったような、複雑《ふくざつ》な気持《きも》ちが表《あらわ》れる。

「――ぐっ……。」

ふたりがいなくなったとたん、大上皇《だいじょうこう》が苦痛《くつう》にうめく。

ニナとアズールが辞《じ》するまで威厳《いげん》を保《たも》ち続《つづ》けた大上皇《だいじょうこう》だったが、襲《おそ》いかかる痛《いた》みは強《つよ》く、本来《ほんらい》なら起《お》き上《あ》がることも難《むずか》しい状態《じょうたい》なのだ。

「痛《いた》みだしましたか⁉」

「ごむりなさるから……。」

ガイナンとフォーナムが介抱《かいほう》しようとするのを断《ことわ》り、大上皇《だいじょうこう》はダイタスの名《な》を呼《よ》ぶ。

「おるかダイタス。」

「は。ここに。」

アズールの従者《じゅうしゃ》として室内《しつない》に控《ひか》えていたダイタスが、その前《まえ》にひざをついた。

「あれは異分子《いぶんし》よなぁ。まがいもので特異《とくい》で、それゆえアズールを動《うご》かす風《かぜ》になるのだろう。」

突風《とっぷう》のように現《あらわ》れた少女《しょうじょ》と、全力《ぜんりょく》でそれを追《お》ってきた第《だい》二王子《おうじ》。

その風《かぜ》を感《かん》じるように、大上皇《だいじょうこう》が静《しず》かに目《め》を閉《と》じた。

部屋《へや》を出《で》た後《あと》、ニナとアズールは離宮《りきゅう》の屋上《おくじょう》にいた。

日《ひ》は沈《しず》みかけ、東《ひがし》の空《そら》はすでに暗《くら》い。

「あー、一番星《いちばんぼし》！」

色《いろ》を変《か》えていく空《そら》の中《なか》に、ニナが小《ちい》さな星《ほし》の光《ひかり》を見《み》つける。

「……ここからは西《にし》の地平《ちへい》がよく見《み》える。昔《むかし》、親《した》しんだ場所《ばしょ》だ。」

アズールがなつかしむように言《い》った。

(あんまり怒《おこ》ってないや……。すこし……声《こえ》が疲《つか》れてる？　心配《しんぱい》……してくれてたのかな……。)

怒《おこ》られるかと思《おも》ったが、アズールはおだやかな表情《ひょうじょう》で空《そら》と山《やま》を眺《なが》めている。

「なにか言《い》うことあるんじゃないか？」

「え……あー……と。ごめんなさい？」

「まったく。行《い》き先《さき》くらい書《か》いておけ。」

小言《こごと》を言《い》うアズールの目《め》を見《み》て、ニナはあることに気《き》がつく。

「あ。」

「なんだ。」

「灰金目《きんめ》!!　アズとひぃじいさん、同《おな》じなんだな！　王《おう》さまには似《に》てないと思《おも》ってたけど、ひぃじいさん似《に》なんだー！」

大発見《だいはっけん》に笑顔《えがお》になるニナだが、アズールはなぜかさびしげな微笑《びしょう》を浮《う》かべて目《め》をふせる。

すこしの沈黙《ちんもく》の後《あと》、ニナの目《め》を見《み》つめ、ゆっくりと口《くち》を開《ひら》いた。

「――……俺《おれ》には王族《おうぞく》の血《ち》は流《なが》れていない。おまえと同《おな》じ――死《し》んだ王子《おうじ》の身代《みが》わりだ。」

思《おも》いも寄《よ》らない告白《こくはく》だった。

「え。」

死《し》んだ王子《おうじ》の身代《みが》わり。

ニナが、死《し》んだアリシャ姫《ひめ》の身代《みが》わりになったように。

「えええええつっ。な、な、なっ。」

驚《おどろ》きすぎて、言葉《ことば》にならない。

「幼《おさな》いころ病気《びょうき》で亡《な》くなった王子《おうじ》と入《い》れ替《か》わった。このことを知《し》るのは、国王《こくおう》、大上皇《だいじょうこう》……そのほかごくわずかな者《もの》たちで、他国《たこく》から嫁《とつ》いだあの王妃《おうひ》すら知《し》らない。」

ムフルムが第《だい》一王子《おうじ》で、兄《あに》のアズールが第《だい》二王子《おうじ》。

王宮《おうきゅう》ではなく、離宮《りきゅう》で大上皇《だいじょうこう》に育《そだ》てられた過去《かこ》。

それはすべて、王宮《おうきゅう》で起《お》こったひとつの悲劇《ひげき》が始《はじ》まりだった。

……本物《ほんもの》のアズール王子《おうじ》が亡《な》くなったのは、四歳《さい》のとき。

その死《し》を隠蔽《いんぺい》するために、アズールは連《つ》れてこられた。

死《し》んだ王子《おうじ》と同《おな》じ、灰金色《きんいろ》の瞳《ひとみ》と黒髪《くろかみ》を持《も》っていたから。

病弱《びょうじゃく》であることを理由《りゆう》に公《おおやけ》の場《ば》に出《だ》さなければ、数年後《すうねんご》には容姿《ようし》のちがいに気《き》づく者《もの》などいなくなる。世間《せけん》から隠《かく》れるように、この離宮《りきゅう》で育《そだ》てられた。

ムフルムが「兄上《あにうえ》だって小《ちい》さいころは病弱《びょうじゃく》だった。」と言《い》っていたのは、この入《い》れ替《か》わりの時期《じき》があったためだ。

大上皇《だいじょうこう》は、まだ幼《おさな》いアズールにこう言《い》い続《つづ》けた。

――この国《くに》のために生《い》き、この国《くに》のために尽《つ》くす。ほかを望《のぞ》んではならぬ。欲《ほっ》してもならぬ。それがおまえの生《い》きる道《みち》だ。

王族《おうぞく》の血《ち》は流《なが》れていなくとも、高潔《こうけつ》な王《おう》として育《そだ》て上《あ》げる、そのために。

幸《こう》か不幸《ふこう》か、アズールは武術《ぶじゅつ》、学問《がくもん》、帝王学《ていおうがく》、すべてにおいて優秀《ゆうしゅう》だった。

――アズールさまのなんと聡明《そうめい》で立派《りっぱ》なことか！

――王《おう》になられる日《ひ》が今《いま》から楽《たの》しみですな。

身代《みが》わりと知《し》らぬ者《もの》たちは、次期王《じきおう》をほめそやした。

才能《さいのう》にあふれ、気品《きひん》に優《すぐ》れたアズールに、賛辞《さんじ》と期待《きたい》が寄《よ》せられる。

異国《いこく》の絵《え》を好《す》きになったのは、そのころだ。

空気《くうき》のように「王《おう》」を身《み》にまといながら、それが偽《いつわ》りであることを知《し》っている。本当《ほんとう》の自分《じぶん》、本物《ほんもの》の自分《じぶん》がどこかにある気《き》がして、ここじゃないどこかへと、ひそかに願《ねが》った。

だが決《き》められたはずの運命《うんめい》は、いたずらにひっくり返《かえ》ることになる。

死《し》んだ王子《おうじ》の母親《ははおや》が病《や》むと、国王《こくおう》は次《つぎ》の王妃《おうひ》を迎《むか》えた。

「男《おとこ》の子《こ》です！　王子《おうじ》がお生《う》まれになりました――！」

そうして、ムフルムが生《う》まれた。

自分《じぶん》じゃない王子《おうじ》は、正《ただ》しい血統《けっとう》の世継《よつ》ぎだ。

「わたしも残念《ざんねん》だが、今日《きょう》からおまえは第《だい》二王子《おうじ》だ。」

国王《こくおう》に告《つ》げられ、与《あた》えられた役目《やくめ》は一方的《いっぽうてき》に奪《うば》われた。

「ダイタス。わたしはもう必要《ひつよう》ないのだろうか……。」

そう聞《き》いたのは、役目《やくめ》を終《お》えた身代《みが》わりに、なんの価値《かち》があるのだろうと思《おも》ったから。

「そんなことはありません！　大上皇《だいじょうこう》さまはおっしゃったじゃありませんか。王《おう》の補佐《ほさ》として、この国《くに》を支《ささ》えていけばよいのです。」

王《おう》の補佐《ほさ》として。それが、次《つぎ》に与《あた》えられたアズールの役目《やくめ》だった。

「そうだな……。」

うなずきながら、自分《じぶん》は人形《コマ》なのかもしれないと思《おも》った。

なにも望《のぞ》まず、ただ国《くに》のために生《い》き、不要《ふよう》になったら排《はい》される人形《コマ》。

使《つか》い捨《す》てされる命《いのち》だと受《う》け入《い》れて、アズールは生《い》きてきたのだった。

「だからというわけじゃないが、俺《おれ》にとっても他人《ヒト》は人形《コマ》だった。もちろんおまえも——……。」

ひとしきり話《はな》すと、アズールが視線《しせん》を上《あ》げた。日《ひ》は完全《かんぜん》に沈《しず》み、地平《ちへい》をふちどる黒《くろ》い山々《やまやま》の眺《なが》めは、子《こ》どものころと変《か》わらない。

アリシャ姫《ひめ》が死《し》んだとき。

「殺《ころ》す目的《もくてき》で身代《みが》わりを立《た》てた。ガルガダに都合《つごう》のいい口実《こうじつ》を作《つく》らせないために最良《さいりょう》の——……向《む》こうの過失で死《し》なせるよう仕向《しむ》けるために。」

男《おとこ》でも女《おんな》でも、瞳《め》さえ同《おな》じなら美醜《びしゅう》も問《と》わない。付《つ》け焼《や》き刃《ば》でいい。どうせガルガダではバレる前《まえ》に死《し》なせるのだから。それがこの国《くに》のためだと思《おも》った。

「だが、おまえは人形《コマ》などではなかったな。」

自分《じぶん》の命《いのち》さえどうでもよかったのに、ニナのことになると、心《こころ》が動《うご》いて止《と》められなかった。ここに来《く》るまでのあいだずっと。前日《ぜんじつ》からずっと、夜通《よどお》しずっと。どこにいるのかと、なにがあったのかと、もしも万《まん》が一《いち》のことがあったらと、必死《ひっし》に捜《さが》し回《まわ》った。

ただひたすら、ニナのことを考《かんが》えた。

星祭《ほしまつ》りの夜《よる》、「死《し》んでやるよ。」と言《い》ったあの顔《かお》が、脳裏《のうり》に焼《や》き付《つ》いて離《はな》れない。

(……失《うしな》えない。あの泣《な》き笑《わら》いを。)

乱《みだ》された心《こころ》に、祈《いの》りのような気持《きも》ちが生《う》まれた。

それは今《いま》まで生《い》きてきて、初《はじ》めての願《ねが》いだった。

アズールは遠《とお》い山々《やまやま》から視線《しせん》を移《うつ》し、ニナに向《む》き合《あ》う。ニナが投《な》げつけたフィタは、アズールの剣《けん》のつかにていねいに巻《ま》かれている。

「おまえはただひとりだ。死《し》なせるものか。」

人形《コマ》にすぎなかった少女《しょうじょ》が、すべてをかけて守《まも》るべき存在《そんざい》となった。

ニナの瞳《ひとみ》がゆれ、みるみる涙《なみだ》がにじむ。

「お、おまえだって死《し》んじゃだめだろっ。」

ニナもまた、アズールに生《い》きていてほしい。

「ホンモノの王子《おうじ》じゃないから死《し》んでもいいなんて、おかしいじゃないか！　ムフルムが王《おう》になっても、アズが国《くに》を支《ささ》えてやればいいじゃないか！　秘密《ひみつ》なんだしだれも困《こま》んない！」

「禍根《かこん》になりうるんだ。俺《おれ》がそう思《おも》っていなくても、だれかがそう思《おも》えば、それは火種《ひだね》になる。」

諭《さと》すように言《い》うアズールに、ニナが叫《さけ》ぶ。

「いやだっ。いやだっ。そんなのぜったいいやだっっ。」

「ニナ……。」

「それっ！　そうだよ！　おまえがもし死《し》んじゃったら、名前呼《なまえよ》んでくれる人《ひと》がいなくなる。そんなの困《こま》る。」

「ダイタスや女官《にょかん》たちに頼《たの》めばすむ。」

「ちがうっ。」

泣《な》きじゃくりながら、気持《きも》ちをぶつけてくる。

「あっ……あたしはっ。アズに名前《なまえ》を呼《よ》んでほしいのっ。アズじゃなきゃやだ。アズじゃないと意味《いみ》ない。王子《おうじ》じゃないとか関係《かんけい》ないよ。」

ほかのだれかでは決《けっ》して代《か》われない。

「……あたしにだって、ただひとりだもの……。」

そう言《い》ってアズールを見《み》つめた瞳《ひとみ》から、ぽろぽろと涙《なみだ》がこぼれ落《お》ちる。

「ニ……。」

もう一度《いちど》ニナの名《な》を呼《よ》ぼうとして、アズールはその瞳《ひとみ》に心《こころ》を奪《うば》われる。

（……黎明《れいめい》の青《あお》。）

空《そら》は夜《よる》に近《ちか》づく紺色《こんいろ》だが、ニナの瞳《ひとみ》は黎明《れいめい》……夜明《よあ》けのような瑠璃色《るりいろ》だ。

まっすぐなその瞳《ひとみ》が見《み》ているのはきっと、王子《おうじ》でも、何者《なにもの》でもない。

ほしいものなどなにもなかった人生《じんせい》に現《あらわ》れた、ただひとりの失《うしな》えない人《ひと》。

アズールは瑠璃色《るりいろ》の瞳《ひとみ》に吸《す》い寄《よ》せられるように、ニナに近《ちか》づく。

心《こころ》のままそっとふれると、こんなにも心《こころ》は強《つよ》くまっすぐなのに、くちびるは頼《たよ》りなくてやわらかくて、愛《いと》しさがあふれてくる。

（はっ。）

気《き》づけば、ニナにキスをしていた。

不意《ふい》にわれに返《かえ》り、あわてて体《からだ》を離《はな》す。

ニナはなにが起《お》きたのかわかっていないのか、青《あお》く丸《まる》い瞳《ひとみ》でアズールを見《み》つめている。

アズールが、その瞳《ひとみ》を思《おも》わず手《て》のひらでおおい隠《かく》した。

「い……今《いま》のは……――夢《ゆめ》だ。」

手《て》のひらの下《した》のニナは、おとなしくアズールの言葉《ことば》を聞《き》いている。

「夢《ゆめ》だから……。」

もう一度《いちど》言《い》い聞《き》かせるようにくりかえし、そっと手《て》を外《はず》した。

無垢《むく》な瑠璃色《るりいろ》の瞳《ひとみ》は、じっとアズールだけを見《み》つめている。

屋上《おくじょう》はいつの間《ま》にか夜《よる》に包《つつ》まれ、一番星《いちばんぼし》を追《お》いかけるように星々《ほしぼし》がまたたきはじめていた。

その後《ご》、屋上《おくじょう》から降《お》りて、ニナは客人用《きゃくじんよう》の部屋《へや》へと通《とお》された。

「おやすみ。ニナ。」

アズールが扉《とびら》を閉《し》めると、廊下《ろうか》の灯《あか》りが遮《さえぎ》られ、窓《まど》からの月明《つきあ》かりだけになる。

ひとりになったニナは寝台《しんだい》に横《よこ》たわり、そっと、自分《じぶん》のくちびるにふれてみた。

欲しいと思うものなど　何もない　人生だった

かすかなぬくもりが残《のこ》っている。
ニナの〝大事《だいじ》な人《ひと》〟のぬくもり。
（……あれは、夢《ゆめ》なんかじゃない。）
ニナの心《こころ》は、はっきりそうわかっている。

夢なんかじゃない

第《だい》七夜《や》　盤上《ばんじょう》を統《す》べる者《もの》

それから数日後《すうじつご》。

ニナの部屋《へや》に、とんでもない量《りょう》の高級品《こうきゅうひん》や贅沢品《ぜいたくひん》が運《はこ》びこまれた。

繊細《せんさい》な細工《さいく》が施《ほどこ》されたタンスや衣装箱《いしょうばこ》に、つぼ、織物《おりもの》、ドレス。美《うつく》しい鳥《とり》かごの中《なか》にはフォルトナでは見《み》たことのないめずらしい鳥《とり》がいて、外《そと》には牛《うし》や馬《うま》までいるらしい。

「すごいですねぇ。」

「ガルガダから嫁入《よめい》り準備《じゅんび》にと姫《ひめ》に贈《おく》られた品々《しなじな》ですよ。ガルガダは礼《れい》を尽《つ》くす国《くに》のようですね。」

女官《にょかん》たちは部屋《へや》を埋《う》め尽《つ》くす品々《しなじな》を見《み》て満足《まんぞく》げだ。ニナはびっくりしたものの、高級品《こうきゅうひん》には興味《きょうみ》はなくて、鳥《とり》が気《き》になる。

だが、そんなニナでも思《おも》わず見入《みい》ってしまうほどの、手《て》のこんだ装飾《そうしょく》の箱《はこ》があった。

「わ……！　すごい箱《はこ》。中《なか》はなにかな……？」

蓋《ふた》には大《おお》きな宝石《ほうせき》がはめこまれ、金《きん》を使《つか》った細《こま》やかな意匠《いしょう》が美《うつく》しい。

（……シャタル……？）

蓋《ふた》を開《あ》けると、中身《なかみ》は国王《こくおう》が大好《だいす》きなシャタルの駒《こま》だった。こちらも金銀宝石《きんぎんほうせき》を贅沢《ぜいたく》に使《つか》っており、恐《おそ》ろしく高《たか》そうである。とはいえ、ニナはシャタルには興味《きょうみ》がない。

「まあ！　これはかわいらしい。アリシャさま！」

女官《にょかん》が山積《やまづ》みの贈《おく》り物《もの》からなにか見《み》つけたらしく、弾《はず》んだ声《こえ》を出《だ》した。

花飾《はなかざ》りがかわいらしい、花嫁《はなよめ》のベール。

そのベールをファサッとニナの頭《あたま》にかぶせると、女官《にょかん》たちは満足《まんぞく》げに目《め》を細《ほそ》める。

「よくお似合《にあ》いですわ。」

「花嫁《はなよめ》らしくなってきましたね。」

そこに、アズールが入《はい》ってきた。

「届《とど》いた荷《に》にはまださわってはならぬ。返《かえ》すことになるかもしれぬからな。」

いつもの冷静《れいせい》な口調《くちょう》で指示《しじ》を出《だ》すと、ベールをつけたニナに気《き》づいたらしく、無言《むごん》で見《み》つめてくる。

ニナはとたんに、ほおが熱《あつ》くなる。

(——思《おも》い出《だ》しちゃう。あれ——……あれは夢《ゆめ》じゃなくて……。)

突然《とつぜん》のキス。夢《ゆめ》だと言《い》われたけど、ぜったいに夢《ゆめ》じゃない。

胸《むね》がキュンとして、ドキドキして、アズールの顔《かお》を見《み》られない。

「それ、似合《にあ》わないな。」

いきなりけなされ、ときめきが全部《ぜんぶ》吹《ふ》っ飛《と》んだ。

「なっなんだよっ。どうせ似合《にあ》わないよ!!」

プンプンしながらベールを取《と》る。

「ガルガダのものなどつけるな。」

(え……?)

アズールがやさしく髪《かみ》をなでてきて、なにか髪飾《かみかざ》りをつけてくれたとわかる。

「組《く》み紐《ひも》の礼《れい》だ。」

楕円《だえん》の中心《ちゅうしん》に青《あお》い宝石《ほうせき》をあしらった、孔雀《くじゃく》の羽《はね》のような髪飾《かみかざ》り。

フィタは今日《きょう》もアズールの剣《けん》に巻《ま》かれていて、そのお返《かえ》しということらしい。

なっ
なんだよっ
ばっ
どうせ
似合わないよ!!
ガルガダの
ものなど
つけるな
スッ
え…?
組《く》み紐《ひも》の礼だ

きょとんとしていると、アズールが満足《まんぞく》げにつぶやいた。

「うん。それにしてよかった。やはりおまえは青《あお》が似合《にあ》うな——かわいらしい。」

（かっ……わっいい？）

急《きゅう》に言《い》われ、ぶわっと顔《かお》が熱《あつ》くなった。

「あっ。あっ。あ。ありっ。ありっ。ありがっ。」

舌《した》がもつれ、むぐっとのどをつまらせる。

「ハハッ。なにをあわててるんだ、ニーナ。」

アズールは愉快《ゆかい》そうに笑《わら》うが、そんな笑《わら》い方《かた》も初《はじ》めて見《み》る。

「ななな、なんだよもう。呼《よ》ぶなよ、人《ひと》のいるとこで。」

「今《いま》だれもいないが。」

女官《にょかん》たちはすでに部屋《へや》を出《で》ていってしまっていて、気《き》づけばふたりきりだった。

「びっくりするの!!　言《い》うときは言《い》うぞって言《い》うのっっ!!!」

あきらかに今《いま》までとちがうアズールにとまどっていると、さらに信《しん》じられない話《はなし》を切《き》り出《だ》された。

うん それにしてよかった
やはりおまえは
青が似合うな
――可愛らしい
かっ…わっ
いい？
あっ
あっぁ
ありっ
ありっ
ありっ
ありがっ
むぐっ

「まだだれにも話《はな》してないが、ガルガダに急《いそ》ぎ使者《ししゃ》を送《おく》るつもりだ。婚姻《こんいん》を白紙《はくし》にする交《こう》渉《しょう》をする。」

驚《おどろ》きで息《いき》が止《と》まりそうになる。

「そんなこととむりなんじゃなかったのか⁉　だから身代《みが》わりを立《た》てて――……。」

大上皇《だいじょうこう》は、婚姻《こんいん》を拒《こば》めばガルガダは攻《せ》め入《い》る口実《こうじつ》とするだろうと言《い》っていた。

「むりは承知《しょうち》でやってみることにした。おまえはここにいるといい――ずっと。」

アズールの目《め》に強《つよ》い決意《けつい》が見《み》えて、ニナはとまどいつつも喜《よろこ》びがこみ上《あ》げてくる。

(嫁《よめ》に行《い》かなくてもいい……？　ずっと……ずっとアズと一緒《いっしょ》にいられるの？)

もしそうなるなら、どんなにうれしいだろう。

でも、そのためには……。

(……まだひとつ、解決《かいけつ》してない問題《もんだい》がある。)

アズールがくれた、青《あお》い宝石《ほうせき》の髪飾《かみかざ》り。

翌日《よくじつ》、ニナはフォルトナの正装《せいそう》にその髪飾《かみかざ》りをつけて、ムフルムの部屋《へや》を訪《おとず》れた。

アズールを殺《ころ》そうとしている人間《にんげん》に会《あ》うためである。

あのとき言《い》われた、大上皇《ひぃじーさん》の言葉《ことば》。

——わしにはもうその力《ちから》はない。だがアリシャ、、、ならアズールを守《まも》ることができよう。

(——って……。やっぱりあたしが、なにかしなきゃだめなんじゃない？　アズを邪魔《じゃま》に思《おも》う人《ひと》って、王妃《おうひ》さましかいないと思《おも》うんだけど……。それともほかにもいるの——？)

大上皇《だいじょうこう》は「考《かん》えよ。」と言《い》ったけれど、ニナに王族《おうぞく》の企《たくら》みや政治《せいじ》の駆《か》け引《ひ》きがわかるわけもなく、こたえは見《み》つからない。

でも、時間《じかん》は待《ま》ってくれない。

考《かん》えてもわからないなら、動《うご》くしかない。

(……あたしにしかできないっていうなら、当《あ》たってくだけるしかない!!!)

部屋《へや》へ行《い》くと、ムフルムが興奮《こうふん》気味《ぎみ》に話《はな》しかけてきた。

「ガルガダからの贈《おく》り物《もの》すごかったらしいですね！　それでっ。どんな物《もの》があったんです!?」

異国《いこく》からの品《しな》に興味津々《きょうみしんしん》らしい。

「んー。布《ぬの》とか飾《かざ》りとか鳥《とり》とか。あ。やけに高価《こうか》そうな宝石《ほうせき》いっぱいのシャタルがあった。」

「宝石《ほうせき》のシャタル!! 見《み》たいです。」

「まぁ邪魔《じゃま》だし、いらないけど。あんなの喜《よろこ》ぶと思《おも》ったのかなー?」

「ええ〜〜〜、姉上《あねうえ》〜っ。」

国宝級《こくほうきゅう》の贅沢品《ぜいたくひん》だが、シャタルをやらないニナはもらっても困《こま》ってしまう。

「ホホ。のんきでめでたいことよ。あれをもらう代《か》わりにおまえは嫁《よめ》に出《だ》されたようなものなのに。王《おう》のシャタル好《ず》きも困《こま》ったものよ。」

高慢《こうまん》そうな笑《わら》い声《ごえ》とともに現《あらわ》れたのは、王妃《おうひ》である。いつもは女官《にょかん》をぞろぞろ連《つ》れて歩《ある》いているが、今日《きょう》は人《ひと》ばらいをしてもらい、王妃《おうひ》ひとりだけだ。

(は!? 今《いま》……すごいこと聞《き》いたような……。)

ニナは知《し》らなかったが、実《じつ》はあのシャタルは国王《こくおう》への贈《おく》り物《もの》で、たまたま嫁入《よめい》り準備《じゅんび》の品《しな》にまぎれこんでいたもの。国王《こくおう》が早々《そうそう》にアリシャ姫《ひめ》の嫁入《よめい》りを承諾《しょうだく》した裏側《うらがわ》には、あのシャタルがあった。

「それで。わたくしに話《はな》したいことがあると聞《き》いたが？」

王妃《おうひ》が優雅《ゆうが》な仕草《しぐさ》でソファーに腰《こし》かける。ムフルムが席《せき》を外《はず》し、ふたりきりになったところで、ニナは王妃《おうひ》の前《まえ》にひざをついた。

「単刀直入《たんとうちょくにゅう》に聞《き》きます！　王妃《おうひ》さまはアズール義兄《にい》さまのこと、どうなさろうとしているのですか⁉」

あえて真《ま》っ正面《しょうめん》から疑問《ぎもん》をぶつけてみる。

「なにを申《もう》すかと思《おも》えば……どうもこうも出《で》る杭《くい》を打《う》っておるだけよ。」

後《うし》ろ暗《ぐら》いところがあれば必《かなら》ず表情《ひょうじょう》に出《で》るはず……と思《おも》ったが、王妃《おうひ》はあきれたようにまゆをひそめただけで、動揺《どうよう》する様子《ようす》がない。

「――わたしは思《おも》うのですが。ムフルムさまが国王《こくおう》になったとき、補佐《ほさ》としてアズール義兄《にい》さまは役《やく》に立《た》つのでは⁉」

だからアズールを殺《ころ》すのはまちがっている……とにおわせたつもりだが、王妃《おうひ》のこたえは予想外《よそうがい》のものだった。

「であろうな。わかっておるわ。」

（え。わかってるの!?）

王妃《おうひ》はパタパタと扇《おうぎ》であおぎながら、つまらなそうに話《はなし》を続《つづ》ける。

「あやつがいればムフルムのためにもなる。必要《ひつよう》な男《おとこ》にはちがいない。ただへいへんな気を起《お》こさぬよう、釘《くぎ》を刺《さ》しておるのよ。そうすれば、だれもあやつを王《おう》になどと言《い》い出《だ》さぬであろうが。」

意外《いがい》だったが、筋《すじ》は通《とお》っている。

たしかに、王妃《おうひ》がことあるごとにアズールに難癖《なんくせ》をつけていれば、アズールを王《おう》にかつぎ上《あ》げようという動《うご》きを牽制《けんせい》することができる。

そしてそこまで警戒《けいかい》するというのは、逆《ぎゃく》にアズールが有能《ゆうのう》であると認《みと》めているということでもある。

（うそ……じゃなさそう。）

アズールは以前《いぜん》、王妃《おうひ》のことを「裏表《うらおもて》なく真《ま》っ正直《しょうじき》で、正面《しょうめん》からしか来《こ》ない人《ひと》」と言《い》っていた。つまり、本気《ほんき》で邪魔《じゃま》に思《おも》っていたわけではない……？

その確証《かくしょう》を得《え》るために、ニナは質問《しつもん》を重《かさ》ねる。

「――王妃《おうひ》さま。王妃《おうひ》さまの側近《そっきん》につり目《め》で三白眼《さんぱくがん》の猫背《ねこぜ》の男《おとこ》の人《ひと》います……よね？　ええと……イタチとかトカゲとかに似《に》た感《かん》じの……赤毛《あかげ》でひたいが後退《こうたい》してて……。」

ニナを「まがいものの姫《ひめ》」と呼《よ》び、アズールに殺《ころ》された貴族《きぞく》。

「その人《ひと》――……星祭《ほしまつ》りの日《ひ》から見《み》ませんよね？」

切《き》り札《ふだ》を使《つか》ってゆさぶりをかけたのだが、王妃《おうひ》の反応《はんのう》はいたってふつうだった。

数秒考《すうびょうかん》えた後《あと》、またつまらなそうに言《い》う。

「だれのことかと考《かんが》えこんでしまったわ。特徴《とくちょう》からするとボーグ卿《きょう》かの。そのころから姿《すがた》も見《み》ぬし……身分《みぶん》あってもあのような醜《みにく》い容姿《ようし》の男《おとこ》、わたくしの側近《そっきん》なものか！」

不愉快《ふゆかい》そうな表情《ひょうじょう》にも仕草《しぐさ》にも、うそは感《かん》じられない。

（え――それじゃあ――……。）

王妃《おうひ》じゃなければ、だれなのか。完全《かんぜん》にふりだしに戻《もど》ってしまったところに、王妃《おうひ》が言《い》い捨《す》てる。

「あれは王《おう》の子飼《こが》いの狗《いぬ》よ。」

思《おも》いもかけない言葉《ことば》に、耳《みみ》を疑《うたが》った。

あれは王の子飼いの狗《いぬ》よ

子飼《こが》いの狗《いぬ》、つまり国王《こくおう》の忠実《ちゅうじつ》なしもべ。

会《あ》えばやさしげにいたわりの言葉《ことば》をくれ、シャタルが大好《だいす》きな、この国《くに》でいちばんえらい人《ひと》。

愕然《がくぜん》としていると、王妃《おうひ》の視線《しせん》が上《あ》がり、ニナは背後《はいご》に人《ひと》の気配《けはい》を感《かん》じる。

ふり向《む》くと、そこにいたのは……国王《こくおう》その人《ひと》だった。


「人《ひと》ばらいはしてある。そんなにかしこまらなくていいんだよ——アリシャ。」

王妃《おうひ》との話《はな》し合《あ》いの最中《さなか》、部屋《へや》に踏《ふ》みこんできた国王《こくおう》。

おそらく家来《けらい》たちによって、ニナの行動《こうどう》は監視《かんし》され、逐一報告《ちくいちほうこく》されていたのだろう。そのまま国王《こくおう》の間《ま》へと連《つ》れていかれ、今度《こんど》は国王《こくおう》との一対一《いったいいち》の話《はな》し合《あ》いとなる。

「ちょうど話《はなし》がしたいと思《おも》ってたんだよ。今《いま》までゆっくり話《はな》す機会《きかい》もなかったからねぇ。」

いつもの人当《ひとあ》たりのいい態度《たいど》に、やさしげな笑《え》み。

「さきほどのボーグ卿《きょう》の件《けん》だが、彼《かれ》はあることを調《しら》べたまま突然消《とつぜんき》えてしまった。実《じつ》はおまえ、なにか知《し》ってるんじゃないかね？」

ニナはひやりとするが、慎重《しんちょう》に否定《ひてい》する。

「以前話《いぜんはな》しかけられたことがあるだけです。なにも知《し》りません。」

（この人《ひと》だ。たぶんこの人《ひと》が——王《おう》さまが、アズを排除《はいじょ》しようとしてる人《ひと》だ。でもどうして……アズが言《い》ってたように、禍根《かこん》になりうるから？）

アズールのあきらめたような態度《たいど》も、大上皇《だいじょうこう》がなにもできぬと言《い》った理由《りゆう》も、ようやくわかった。

（だって相手《あいて》が王《おう》さまなんて、どうしようもないじゃない!!）

「大上皇《おじいさま》にも会《あ》いに行《い》ったようだけど、なにをしに行《い》ったのだね？　なにを話《はな》したか気《き》になるなぁ。」

（そして王《おう》さまが、あたしをニセモノだと疑《うたが》ってる。こんなのどうしたらいいのかわからないよ!!!）

「黙《だま》ってちゃあ、わからないなぁ。お父さまに隠《かく》しごとはよくないよ？」

ちょっと頼《たよ》りないけどやさしくていい人《ひと》で……そう思《おも》っていたのに。

ニナは視線《しせん》を下《さ》げたまま、静《しず》かに息《いき》を吐《は》く。

（落《お》ち着《つ》こう……。こうして聞《き》くってことは、まだニセモノだって確証《かくしょう》があるわけじゃないんだろうから、とにかくこの場《ば》をしのいで——……。）

黙《だま》ったままのニナにじれたのか、国王《こくおう》がわざとらしく明《あか》るい声《こえ》を出《だ》す。

「よし！　話《はな》したくなるように、お父《とう》さまが先《さき》に内緒《ないしょ》の話《はなし》をしてあげよう。実《じつ》はねぇ、今《いま》のアズールは幼《おさな》いころ死《し》んだ、本物《ほんもの》の王子《アズール》の身代《みが》わりなんだよ。」

（その話《はなし》しちゃうの⁉）

ニナは動揺《どうよう》するが、当《とう》の国王《こくおう》はなんでもない思《おも》い出話《でばなし》のひとつのように、話《はなし》を続《つづ》ける。

「わたしが連《つ》れてこさせた、どこぞの子《こ》どもだ。あの日《ひ》は、わたしの誕生《たんじょう》の祝《いわ》いが近《ちか》くてねぇ。わたしはとても機嫌《きげん》がよかったんだよ？」

今《いま》から十五年《ねん》ほど前《まえ》のこと。当時《とうじ》から国王《こくおう》はシャタルに夢中《むちゅう》だった。まだ大上皇《だいじょうこう》が政治《せいじ》の実権《じっけん》を握《にぎ》っていて、国王《こくおう》は執務《しつむ》そっちのけでシャタルに興《きょう》じていた。

あの日《ひ》。

いつものようにシャタルの誘《さそ》いを受《う》け、機嫌《きげん》よく部屋《へや》に戻《もど》った。

そこには思《おも》いがけず、ひとり息子《むすこ》のアズールがいた。父《ちち》に会《あ》いたくなったのだろう。出《だ》しっぱなしになっていたシャタルで遊《あそ》びながら、ずっと待《ま》っていたのだ。

「ちちうえー。」

やっと戻《もど》ってきた父《ちち》に、幼《おさな》いアズールはうれしそうに駆《か》け寄《よ》る。

だが、国王《こくおう》の目《め》に映《うつ》ったのは息子《むすこ》の笑顔《えがお》ではなく、おもちゃ代《が》わりにされたお気《き》に入《い》りのシャタルの駒《こま》だった。

「なにをしている!! 汚《きたな》い手《て》で!!!」

カッとなり、怒《いか》りに任《まか》せて息子《むすこ》のほおを平手《ひらて》で打《う》った。

小《ちい》さな体《からだ》は勢《いきお》いよく吹《ふ》っ飛《と》んで、重厚《じゅうこう》な飾《かざ》り棚《だな》にぶつかる。

運《うん》が悪《わる》かったとしか言《い》いようがない。

アズールは飾《かざ》り棚《だな》の角《かど》に後頭部《こうとうぶ》を強《つよ》く打《う》ちつけ、意識《いしき》を失《うしな》い、そのまま目覚《めざ》めることなく呼吸《こきゅう》を止《と》めた。あっという間《ま》のできごとだった。

「わあああ……アズールゥ……っっ。」

アズールの母親《ははおや》である王妃《おうひ》は泣《な》き崩《くず》れて小《ちい》さな亡骸《なきがら》にすがったが、国王《こくおう》はそれを見《み》てもただわずらわしそうに顔《かお》をしかめただけだった。

(わたしが悪《わる》いのではない。その子《こ》に運《うん》がなかったのだ。)

実《じっ》の息子《むすこ》を自分《じぶん》の手《て》で死《し》なせたというのに、その心《こころ》には悔恨《かいこん》も懺悔《ざんげ》もない。

それればかりか、常識《じょうしき》では考《かんが》えられない命令《めいれい》を側近《そっきん》に下《くだ》したのである。

「このことは極秘《ごくひ》にする。代《か》わりになる子《こ》どもをどこぞから連《つ》れてこい。」

「は……?」

「縁起《えんぎ》が悪《わる》いではないか! わたしの祝《いわ》いも近《ちか》いのに。『アズールは死《し》んでいない。』そうであろう?」

死《し》んだことが公《おおやけ》になると、自分《じぶん》の祝《いわ》いの前《まえ》に息子《むすこ》の葬式《そうしき》をしなければならない。それを嫌《きら》って、息子《むすこ》の死《し》をなかったことにした。

短絡的《たんらくてき》で、その場《ば》しのぎで、あまりにも情《じょう》のない判断《はんだん》だった。

このことが大上皇《だいじょうこう》の耳《みみ》に届《とど》いたころには、すでに新《あたら》しいアズールが連《つ》れてこられていた。大上皇《だいじょうこう》は驚《おどろ》き、あきれた。「こやつには任《まか》せられぬ。」と、アズールを自《みずか》らの手《て》で育《そだ》てる決意《けつい》をする。

「なんという愚《おろ》かなことを。」

大上皇《だいじょうこう》に愚《おろ》かと言《い》われても、国王《こくおう》にはなにも響《ひび》かなかった。

(愚《おろ》かだと？　わたしが愚《おろ》かなら、すべてが愚《おろ》かなのだ。)

……祝《いわ》いに水《みず》を差《さ》されるのがいやで、わが子《こ》の死《し》を隠蔽《いんぺい》した。

そのために連《つ》れてこられたのが、アズールだった。

(……王《おう》さまがしたことだったんだ。しかも、そんなどうでもいい理由《りゆう》で。)

ありえない。顔《かお》にその思《おも》いが表《あらわ》れていたのだろう。

「おや。おまえもほかの者《もの》と同《おな》じような顔《かお》をするのだね。べつにおかしいことではないぞ！　子《こ》どもなんぞは血《ち》がつながった他人《たにん》。国《くに》においては駒《こま》よ。」

(――駒《こま》……。)

国王《こくおう》は、他人《たにん》はすべて盤上《ばんじょう》の駒《こま》にすぎないと、そう思《おも》っている。

「――……そ……それゆえ……なのです……か……それでアズール義兄《にい》さまを排《はい》そうと

……してるの……です……か。」

いらなくなった駒《こま》を捨《す》てるように。

「察《さっ》しがよすぎるではないか。となればやはり……おまえは……。」

罪悪感《ざいあくかん》がないのだから、隠《かく》す必要性《ひつようせい》も感《かん》じていないのだろう。王子殺《おうじごろ》しを企《くわだ》てていることを知《し》られても、国王《こくおう》はまったく動《どう》じていない。ニナの声《こえ》が大《おお》きくなる。

「アズール義兄《にい》さまに逆心《ぎゃくしん》なんてありません!!　この国《くに》をただ支《ささ》えていきたいだけです。」

「知《し》ってるとも。」

「アズール義兄《にい》さまがいることで、お父《とう》さまはずいぶん楽《らく》してるではありませんか！」

「わかってるとも。」

「ではどうして……！」

「嫌《きら》いなんだよ。」

柔和《にゅうわ》な顔《かお》が、ここにきて初《はじ》めてゆがんだ。まるで汚《きたな》いものでも目《め》にしたように、まゆを寄《よ》せて口《くち》を曲《ま》げる。

「は……？」

「王族《おうぞく》の血《ち》を引《ひ》いてもいないのに、国《くに》を憂《うれ》い、献身的《けんしんてき》に尽《つ》くし、私欲《しよく》もない。できすぎて気持《きも》ち悪《わる》いじゃあないか。」

嫌悪《けんお》をにじませた声《こえ》で言《い》うと、国王《こくおう》はゆっくりと立《た》ち上《あ》がった。

そしてシャタルに手《て》を伸《の》ばす。ニナの部屋《へや》にあった、あの宝石《ほうせき》のシャタルだ。

「まわりの信用《しんよう》も信頼《しんらい》も得《え》て、大上皇《おじいさま》までやつをほめちぎる。なぜ王《おう》であるわたしがまがいものと比《くら》べられねばならぬのだ。不愉快《ふゆかい》でしかたがない。駒《フー》は駒《フー》のままでいればよいのに。」

美《うつく》しい駒《こま》を手《て》に取《と》っては盤《ばん》に置《お》く。

「この国《くに》はわたしの盤《ばん》。統《す》べるのはわたしだ。わたしを駒《こま》と一緒《いっしょ》にされては困《こま》る。」

高《たか》いところから見下《みお》ろしている、浅《あさ》はかな王《おう》。

(……この人《ひと》はただ遊《あそ》んでるだけ。楽《たの》しいからってだけ。嫌《きら》いだからってだけ……ほかにはなにもない。)

それですべてを支配《しはい》できると思《おも》っている。子《こ》どもっぽい万能感《ばんのうかん》だが、実際《じっさい》に国王《こくおう》という立場《たちば》をもってすればそれが可能《かのう》になってしまう。

「だからねぇ。そろそろおまえの口《くち》から言《い》ってくれないか。『わたしはアズールに連《つ》れてこられた偽者《ニセモノ》です。』――と。」

国王《こくおう》が、ゆっくりと近《ちか》づいてくる。

「愚《おろ》かなことをしたものだと、わたしに言《い》わせてくれ。」

目《め》の前《まえ》にしゃがみこみ、ニナの顔《かお》をのぞきこむ。

死《し》んだ王子《おうじ》の身代《みが》わりを作《つく》った自分《じぶん》が愚《おろ》かなら、姫《ひめ》が死《し》んだのに身代《みが》わりを立《た》てたアズールはもっと愚《おろ》かである。そう言《い》いたいだけなのだとわかる。

(どうしたらいいの？　こんな人《ひと》になにができるの？　あたしになにかできるの？)

縁起《えんぎ》が悪《わる》いからとわが子《こ》の死《し》を隠蔽《いんぺい》し、嫌《きら》いだからと優秀《ゆうしゅう》な第《だい》二王子《おうじ》を殺《ころ》そうとしている、この国《くに》でいちばんえらい人《ひと》。

説得《せっとく》もできなければ、糾弾《きゅうだん》することもできない。

言《い》いようのない無力感《むりょくかん》と絶望感《ぜつぼうかん》に襲《おそ》われる。

――フォルトナの命運《めいうん》を左右《さゆう》するのはアリシャである。

それでも、必死《ひっし》に思考《しこう》をめぐらせる。あきらめるわけにはいかない。何度《なんど》も考《かんが》えた大上《だいじょう》皇《こう》のヒントをもう一度《いちど》、胸《むね》の内《うち》でくりかえす。

(あたしに——「アリシャ」にできることは——。)

そのとき、ひとつのこたえがニナの心《こころ》に落《お》ちてきた。

王家同士《おうけどうし》の結婚《けっこん》。ガルガダの王族《おうぞく》となる、フォルトナの姫《ひめ》。

そのアリシャにできることが、たしかにあった。

(ああ……そっか。だから大上皇《ひぃじーさん》はあんな話《はなし》したんだ。)

——ガルガダは攻《せ》め入《い》る口実《こうじつ》がほしいのだ。

(だからアズは、ああ言《い》った。)

——ガルガダの過失《かしつ》で殺《ころ》すために身代《みが》わりを立《た》てた。

断《ことわ》れば侵略《しんりゃく》される。だから婚姻《こんいん》そのものは受《う》け入《い》れるが、花嫁《はなよめ》は死《し》なせて駆《か》け引《ひ》きの道具《どうぐ》にさせない。それがアズールの策略《さくりゃく》だった。どう転《ころ》んでもアリシャ姫《ひめ》の婚姻《こんいん》は、フォルトナに災《わざわ》いをもたらすと考《かんが》えられていたから。

だが、逆《ぎゃく》の可能性《かのうせい》もあるのだ。

アリシャ姫《ひめ》が嫁入《よめい》りし、もしガルガダの第一王妃《だいおうひ》になれば、話《はなし》は変《か》わる。

第一《だいいち》王妃《おうひ》の立場《たちば》は強《つよ》い。子《こ》を産《う》み、その子《こ》が第一《だいいち》王子《おうじ》ともなれば、絶大《ぜつだい》な権力《けんりょく》を持《も》てるはずだ。他国《たこく》から嫁《とつ》いだ王妃《おうひ》が、ムフルムを産《う》んで強《つよ》い立場《たちば》を得《え》たように。

――婚姻《こんいん》は白紙《はくし》に戻《もど》す。

――おまえはここにいるといい。

ニナを死《し》なせないために、アズールは婚姻《こんいん》そのものを解消《かいしょう》しようと考《かんが》えた。

だが、それはフォルトナという国《くに》そのものの運命《うんめい》を左右《さゆう》する危険《きけん》な賭《か》けだし、アズールを守《まも》ることはできない。

（一緒《いっしょ》にいたい……ずっと、ニナって……ずっと呼《よ》んでほしい。でもアズを失《うしな》いたくないから、一緒《いっしょ》にはいられないよ。）

ニナは、アズールからもらった青《あお》い宝石《ほうせき》の髪飾《かみかざ》りを外《はず》した。

（あたしは……「アリシャ」に――なる。）

その決意《けつい》を固《かた》めると、不思議《ふしぎ》と気持《きも》ちは落《お》ち着《つ》いた。

「……わたしは正真正銘《しょうしんしょうめい》アリシャです。疑《うたが》うのであれば、どうぞいくらでもお調《しら》べになってください。わたしにはなにひとつ後《うし》ろ暗《ぐら》いことはありませんし、本物《ほんもの》だとわかるだけですが。」

おびえていると思《おも》った姫《ひめ》がはっきりと否定《ひてい》してきたので、国王《こくおう》はとまどった。

（ボーグ卿《きょう》の話《はなし》が早《はや》とちりだった……のか？　……いやしかし……。）

とまどう国王《こくおう》の前《まえ》でニナが立《た》ち上《あ》がり、静《しず》かに宣言《せんげん》する。

「わが星《ほし》の神《かみ》に誓《ちか》って、わたしはアリシャです。」

その後《うし》ろには、星《ほし》の神《かみ》の像《ぞう》。

神《かみ》さまにうそをつく。きっと天罰《てんばつ》が下《くだ》る。それでもいい。

「――……そ……そうか。それならそれでよい。話《はなし》は終《お》わりだ。もう戻《もど》れ！」

ニナの迫力《はくりょく》に気圧《けお》されたのか、国王《こくおう》が逃《に》げ腰《ごし》になる。

「わたしはガルガダに嫁《とつ》ぎます。そこで必《かなら》ずや第一王妃《おうひ》の立場《たちば》を手《て》に入《い》れてみせます。

フォルトナを守《まも》る盾《たて》となるべく。」

「おお。そ……それは頼《たの》もしいことだ……！」

ニナの決意《けつい》を聞《き》き、国王《こくおう》がとりつくろったような笑顔《えがお》を作《つく》る。

「ただし、わたしが守《まも》るのは、ア、ア、ア、アズールさまのいるフォルトナです。」

ニナが続《つづ》ける。

「わたしは星《ほし》のお告《つ》げを聴《き》く者《もの》――……わたしの瞳《ひとみ》は世界《せかい》の果《は》てまで見渡《みわた》せます。もしもアズールさまが不審《ふしん》な死《し》を遂《と》げるようなことがあれば――。わたしはガルガダを率《ひき》い、フォルトナを滅《ほろ》ぼす剣《つるぎ》となりましょう。」

アズールを殺《ころ》したらフォルトナを侵略《しんりゃく》する。

ニナは、国王《こくおう》をそう脅迫《きょうはく》しているのである。

「な。な。な……今《いま》のは王《おう》に対《たい》する叛意《はんい》であるぞ！　大罪《たいざい》を口《くち》にした!!!　わが子《こ》とはいえ許《ゆる》されるものか!!　今《いま》すぐおまえを――……！」

駒《こま》に刃向《はむ》かわれ、国王《こくおう》が声《こえ》を荒《あら》らげる。

「わたしが今死《いまし》ねば、ガルガダを抑《おさ》える術《すべ》がなくなりますよ？　あなたにはなにもできません。今《いま》までもそうだったのだから。」

ニナが冷静《れいせい》に切《き》り返《かえ》す。

姫《ひめ》を差《さ》し出《だ》さない限《かぎ》りは、ガルガダは友好解消《ゆうこうかいしょう》として攻《せ》め入《い》ってくる。

国王《こくおう》にニナを殺《ころ》すことなどできはしないのだ。

私は
ガルガダを率い
フォルトナを滅ぼす
剣《つるぎ》となりましょう

「わたしを売《う》った宝玉《ほうぎょく》のシャタルで、楽《たの》しい日々《ひび》をお過《す》ごしください。余生《よせい》はアリシャがお守《まも》りします。お父《とう》さま。」

軽《かる》くひざを曲《ま》げて、優雅《ゆうが》に頭《あたま》を下《さ》げる。

指《ゆび》の先《さき》まで気品《きひん》にあふれた仕草《しぐさ》は王女《おうじょ》そのものだ。

（そうだ。あたしは「アリシャ」になろう。ガルガダに嫁《とつ》ぎ、いずれ第《だい》一王妃《おうひ》にまで登《のぼ》りつめよう。）

それが、アズールを守《まも》る道《みち》となる。

（あたしにしかできない。あたしならできる。あたしは――アズールを……アズールの身《み》と自由《じゆう》を守《まも》るんだ。）

第《だい》八夜《や》　出立《しゅったつ》の日《ひ》

……アリシャとしてガルガダに嫁《とつ》ぎ、第《だい》一王妃《おうひ》の位《くらい》と権威《けんい》ある立場《たちば》を手《て》に入《い》れる。

これが、ニナが国王《こくおう》からアズールを守《まも》るために出《だ》したこたえだ。

嫁入《よめい》りを決《き》めると、ニナの行動《こうどう》は早《はや》かった。王妃《おうひ》にふさわしい教養《きょうよう》を身《み》につけるため、熱心《ねっしん》に勉強《べんきょう》した。

そのニナのもとに、大上皇《だいじょうこう》の従者《じゅうしゃ》、フォーナムが訪《おとず》れた。

「内密《ないみつ》に参《まい》りました。大上皇《だいじょうこう》さまが『なにか頼《たの》みたいことがあるのではないか？』と
……。」

ニナだけでアズールを出《だ》し抜《ぬ》くのは難《むずか》しいと考《かんが》えた大上皇《だいじょうこう》が、嫁入《よめい》りの準備《じゅんび》をすべて離宮《りきゅう》で進《すす》めると申《もう》し出《で》てくれたのである。

（すごいなぁ大上皇《ひいじーさん》は。すべてお見通《みとお》しなんだ……あたしが出《だ》すこたえまでも……。）

水面下《すいめんか》でそんな計画《けいかく》が進《すす》められているとは知《し》らず、ニナが勉強《べんきょう》に熱心《ねっしん》になったことを聞《き》いたアズールが、私室《ししつ》に招《まね》いてくれた。

「興味《きょうみ》のある本《ほん》があれば、どれでも持《も》っていくといい。最近《さいきん》、進《すす》んで学《まな》んでいるそうじゃないか。」

久《ひさ》しぶりに訪《おとず》れたアズールの部屋《へや》は、やっぱり異国《いこく》の雰囲気《ふんいき》がして、本《ほん》はすこし増《ふ》えた気《き》がする。

「必要《ひつよう》ない知識《ちしき》かもしれないが、あって困《こま》るものでもない。絵《え》の多《おお》いものも多《おお》いぞ。」

何冊《なんさつ》か選《えら》んで、ニナに見《み》せてくれる。

「わーきれいーっ。なんの生《い》き物《もの》？　あれっ……？　なんて書《か》いてあるんだろ？」

「どれ……あー……これははるか西《にし》の異国《いこく》の本《ほん》だから、言葉《ことば》がすこしちがうんだ。」

イスに座《すわ》って読《よ》んでいると、後《うし》ろからかぶさるようにして、アズールがページの絵《え》を指《さ》した。ふわりと体温《たいおん》を感《かん》じて、思《おも》わずドキッとする。

「コブのついた形状《けいじょう》で――。ラクダという――。」

耳《みみ》に心地《ここち》いいその声《こえ》は、ずっと聞《き》いていたくなる。目《め》を閉《と》じていると、気配《けはい》でアズールが体《からだ》を離《はな》したのがわかった。

「……ニナ。ガルガダに昨日《きのう》使者《ししゃ》を送《おく》った。とりあえずの時間《じかん》かせぎに、輿入《こしい》れの延期《えんき》を打診《だしん》した。」

驚《おどろ》いて顔《かお》を上《あ》げる。

「必《かなら》ずなんとかする。安心《あんしん》して待《ま》っていろ。」

その声《こえ》には力《ちから》がこもっている。

でも……。

(アズ。その使者《ししゃ》はガルガダには着《つ》かないの。)

大上皇《だいじょうこう》の命《めい》で、使者《ししゃ》はガルガダには向《む》かっていない。

(アズには秘密《ひみつ》のままこの国《くに》を離《はな》れて……二度《にど》と会《あ》えなくなる。)

こみ上《あ》げてくるせつなさに、つい黙《だま》りこんでしまう。

「どうした？」

「あっ。えーとっ。異国《いこく》のものが多《おお》いなーっと思《おも》って！　たくさん学《まな》んでるんだね！」

ごまかすように明《あか》るく言《い》うと、アズールがめずらしく、自身《じしん》のことを話《はな》してくれた。

「半分《はんぶん》は勉強《べんきょう》だが、半分《はんぶん》は趣味《しゅみ》なんだ。旅《たび》をしている気分《きぶん》になって楽《たの》しい……。」

初《はじ》めて知《し》る話《はなし》に、もっとアズールのことを知《し》りたい気持《きも》ちが抑《おさ》えられなくなる。

「あの……さ。息抜《いきぬ》き……したいんだけど、だめかな？」

会《あ》えなくなる前《まえ》に、もっと話《はな》したい。

ふたりだけの時間《じかん》がほしい。

「街《まち》……出《で》たい。……ふ……ふたりで。案内《あんない》するよ！　アズにあたしの暮《く》らしてたとこ、知《し》ってほしい!!」

手《て》を合《あ》わせてお願《ねが》いする。

(なんでもいいから……ちょっとでいいから、思《おも》い出《で》がほしい……。)


そして、アズールをなかば強引《ごういん》に連《つ》れ出《だ》したダヤの市場《いちば》。

「市場《いちば》だーっ。なつかしーい！」

所狭《ところせま》しと雑多《ざった》な商店《しょうてん》が並《なら》び、新鮮《しんせん》な野菜《やさい》や果物《くだもの》、雑貨《ざっか》やそうざいなどが売《う》られている。

「ちゃんと目《め》を隠《かく》せ！　目立《めだ》つ。おしのびなんだからな。」

はしゃいでいると、すぐにアズールの小言《こごと》が飛《と》んできた。

「うう、じゃまぁ〜。」

姫《ひめ》だとバレないように、ベールのついた帽子《ぼうし》で顔《かお》を隠《かく》しているが、うっとうしくてついずらしてしまい、アズールに直《なお》される。

「あっ。あれあれ！　うまいんだよ！　かっぱらったこと何度《なんど》もあんだ。」

見《み》つけたのは、サジとコリンも大好《だいす》きだった果物《くだもの》。この店《みせ》は売《う》り物《もの》がいつも山積《やまづ》みで、特《とく》に盗《ぬす》みやすかった。

「それふたつ。」

アズールがすぐに買《か》ってくれて、店主《てんしゅ》が「あいよ。」と手渡《てわた》してくれる。

しかも……。

「釣《つ》りは取《と》っておけ。」

「――って兄《にい》さん、これ金貨《きんか》ァ!!」

ニナが盗《ぬす》んだ分《ぶん》を、たっぷり利子《りし》をつけて店主《てんしゅ》に返《かえ》してくれた。

「金《かね》は返《かえ》したぞ。」と笑《わら》うアズールは、茶目《ちゃめ》っ気《け》があって、いつもとちがって見《み》える。

「兄《にい》さん、恋人《こいびと》にこれどうだい⁉　安《やす》くしとくよー。」

そこに威勢《いせい》のいい雑貨《ざっか》売《う》りの商人《しょうにん》が声《こえ》をかけてくる。

「こっ！　こっこっこっこ、こいびとってなんだよ、なぁっ。ハハハ。」

唐突《とうとつ》に恋人《こいびと》あつかいされて、うれしいのと恥《は》ずかしいのとでどぎまぎしてしまう。

でも赤《あか》くなっているのはニナだけで、アズールは否定《ひてい》もせずに笑《わら》っている。

(ちがうって言《い》わないの⁉　なんだよもう‼　なんだよもう!!!　だめだよそんなのっ。)

思《おも》い出《で》を作《つく》りたかっただけなのに、それ以上《いじょう》のことを望《のぞ》んでしまう。

(だめだめ!!!　だって、お別《わか》れしちゃうんだし。)

恋《こい》なんてしている場合《ばあい》じゃないのに。

「はっ……早《はや》く‼　こっちこっち。」

照《て》れ隠《かく》しに、今度《こんど》はお気《き》に入《い》りの屋台《やたい》にアズールを引《ひ》っ張《ぱ》っていく。

と、自然《しぜん》に手《て》をつないでしまった自分《じぶん》にハッとする。

(手《て》〜〜！)

アズールの大《おお》きな手《て》。井戸《いど》に落《お》ちたときは抱《だ》き上《あ》げてくれ、キスしたときはやさしく目《め》をふさがれた。

大《おお》きくてあたたかくて、熱《ねつ》がどんどん高《たか》まっていく。

この気持《きも》ちに蓋《ふた》をしなくちゃ、とはわかっている。

(でもでも今《いま》は……。)

この時間《じかん》を、すなおに楽《たの》しみたい。

「こっこれもね、うまいの!! やっすいしあったかいし。野菜《やさい》くずのスープ!」

孤児《こじ》だったときに何度《なんど》も食《た》べた、なつかしい味《あじ》をアズールに紹介《しょうかい》する。

「食《た》べ物《もの》ばかりだな……。」

あきれつつ、アズールがまたふたつ注文《ちゅうもん》してくれる。

そして口《くち》にしたとたん、「あっつっっ!!」とらしくない声《こえ》を上《あ》げた。

どうやら熱《あつ》いものが苦手《にがて》らしい。

「赤《あか》ちゃん舌《じた》だ!!!」

ニナが目《め》を輝《かがや》かせる。

「ふつうだ。こんな熱《あつ》いの食《く》えるか。」

「弱点《よわみ》だーっ。」

アズールは強《つよ》がるが、ニナは弱点《よわみ》を発見《はっけん》してうれしくなってしまう。

(今日《きょう》だけでもいろんなアズが見《み》られた気《き》がする。)

恋人《こいびと》と言《い》われてうれしそうに笑《わら》い、熱《あつ》いスープが飲《の》めなくて強《つよ》がりを言《い》う。

大《おお》きくてあたたかい手《て》。「ニーナ。」と伸《の》ばして呼《よ》ぶ、甘《あま》い響《ひび》き。

楽《たの》しい時間《じかん》はあっという間《ま》に過《す》ぎていく。

市場《いちば》をめぐり、たくさん笑《わら》い、最後《さいご》は墓地《ぼち》を訪《おとず》れた。

「……墓《はか》?」

ガルガダへ行《い》く前《まえ》にお別《わか》れを告《つ》げたかった、コリンの墓《はか》だ。

「ここにね。弟《おとうと》みたいだった子《こ》が眠《ねむ》ってるんだ。病気《びょうき》になって、医者《いしゃ》に診《み》せる金《かね》もなくて……死《し》んじゃった。来《こ》れてよかった。『星《ほし》の下《した》なんだよ。』――ってさ。そんなの絶望《ぜつぼう》しかないじゃんな? そんなふうに言《い》うのいやなんだ。」

きっとすこしのお金《かね》があれば、あきらめなくてもよかったはずの命《いのち》。

コリン以外《いがい》にも、粗末《そまつ》な墓《はか》はたくさん並《なら》んでいて、そのほとんどは孤児《こじ》や身寄《みよ》りのない貧民《ひんみん》の墓《はか》だ。

「――……フォルトナは豊《ゆた》かな国《くに》だから、貧困《ひんこん》はもっと少《すく》なくできるはずなんだがな……。方法《ほうほう》はあるんだ。たとえば――……。」

アズールが遠《とお》い目《め》になる。

(なにが見《み》えてるんだろ……。)

シャタルに夢中《むちゅう》の国王《こくおう》とちがい、アズールには、この国《くに》のいろんな現実《げんじつ》が見《み》えている。

「アズが考《かんが》えるこの国《くに》の未来《みらい》、見《み》てみたいなぁ。」

「ハハ。なにバカなことを。」

本気《ほんき》で言《い》ったけれど、アズールは笑《わら》って聞《き》き流《なが》す。

(サジに売《う》られて絶望《ぜつぼう》したときに見《み》た灰金色《きんいろ》の目《め》……暗闇《くらやみ》に光《ひか》る獣《けもの》の目《め》のようでこわかったけど……。ちがうね。もっとやさしい色《いろ》だね。夜《よる》の闇《やみ》をやわらげる月《つき》の光《ひかり》だね。)

墓地《ぼち》を見《み》つめる目《め》を見《み》て、ニナはそう思《おも》う。

すべての目的《もくてき》を終《お》えると、いよいよ王宮《おうきゅう》に帰《かえ》ることになった。

馬《うま》に乗《の》るために踏《ふ》み台代《だいが》わりの岩《いわ》に乗《の》ると、ニナはアズールよりすこしだけ背《せ》が高《たか》くなる。

「アズ……。」

アズールの首《くび》に、そっと腕《うで》を回《まわ》した。

やわらかく抱《だ》きしめて、ほおを寄《よ》せる。

「な……んだ？」

「わかんない。わかんないけど、こうしたくなったんだ。」

大切《たいせつ》で、特別《とくべつ》で、ほおをくっつけたくなる。

「——……ッハッ。もうむりだな。」

気持《きも》ちを抑《おさ》えられなくなったアズールが、ニナのベール付《つ》きの帽子《ぼうし》を取《と》る。

「えっ。なに。」

「わからなくはないだろう。それは『好《す》き』というんだ。」

アズールがニナを抱《だ》きしめ返《かえ》し、今度《こんど》はほおではなく、くちびるを合《あ》わせる。

お互《たが》いの気持《きも》ちを確《たし》かめ合《あ》うような、やさしいキス。

（あったかくて……浮《う》いて……ギュウッってする。）

ふわりと宙《ちゅう》に浮《う》きそうなくらい、アズールに強《つよ》く抱《だ》き寄《よ》せられる。

（〝今《いま》〟で胸《むね》をいっぱいにして閉《と》じこめて、ずっと大事《だいじ》にする……。）

好《す》きの気持《きも》ちも、やわらかなキスも、ぜったいに忘《わす》れない。


「楽《たの》しかった！　また出《で》たい!!」

「そうそう許可《きょか》できるか。」

王宮《おうきゅう》に戻《もど》ると、自然《しぜん》といつものアズールに戻《もど》ってしまった。

「ケチ……。」

「次《つぎ》——……そうだな。最《もっと》もにぎわう——秋《あき》の収穫祭《しゅうかくさい》だな。」

秋《あき》。なにげない言葉《ことば》だったが、ニナは秋《あき》の収穫祭《しゅうかくさい》には、もうフォルトナにはいない。

「うん……楽《たの》しみ……。」

「俺《おれ》は執務《しつむ》に戻《もど》るから。また明日《あした》。」

もう思《おも》い出《で》を作《つく》れないことが、さびしかった。

（でも、アズの考《かんが》える秋《あき》にあたしはいるんだな……。）

「好き」というんだ
あったかくて　浮いて　ギュウッってする

それがうれしくて、せつなくて、やりきれない気持《きも》ちになる。

(アズ。アズ。)

何度《なんど》でも名前《なまえ》を呼《よ》びたい。

「……ん?」

まるで心《こころ》の声《こえ》が聞《き》こえたように、アズールが足《あし》を止《と》めてふり返《かえ》る。

ニナは帽子《ぼうし》を取《と》って、笑《わら》いかける。

「ありがとう。」

うそはつけない。本当《ほんとう》のことも言《い》えない。

「ありがとう!」

だから、今《いま》の気持《きも》ちを伝《つた》える。

(ありがとう。あたしに、ただひとつの特別《とくべつ》をくれて。)

たったひとりでいいから、だれかに必要《ひつよう》とされたい。その願《ねが》いを叶《かな》えてくれた人《ひと》。

「なんだ急《きゅう》に……。」

「なんとなく!」

そして背中《せなか》を向《む》けた。

（「星《ほし》の下《した》」なんかじゃない。あたしが自分《じぶん》で選《えら》んだんだ。）

だから、後悔《こうかい》なんてしない。


「まぁ、なんてお美《うつく》しいんでしょう！」

「ガルガダの装《よそお》い、よくお似合《にあ》いですわ！」

とうとうガルガダへ嫁《とつ》ぐ日《ひ》がやってきた。

女官《にょかん》たちが、ガルガダから贈《おく》られてきた山《やま》ほどの衣装《いしょう》の中《なか》から、選《えら》びに選《えら》び抜《ぬ》いたドレス。フォルトナのドレスより飾《かざ》りが少《すく》ないせいか、ニナはいつもよりずっと大人《おとな》びて見《み》える。

「新《あたら》しいつけ髪《がみ》もなじみそうですね。今《いま》までとちがっていろいろ髪飾《かみかざ》りも選《えら》べますよ。ひとりでつけるのは少々《しょうしょう》たいへんですが……。」

「……わたくしどもは一緒《いっしょ》に行《い》けませぬゆえ。」

そう言《い》って目《め》をふせた女官《にょかん》に、ニナが驚《おどろ》く。

「えっ。一緒《いっしょ》に行《い》かないの⁉」

まさか女官《にょかん》たちとも別《わか》れるとは思《おも》っていなかった。

「わたくしどもは星離宮《ほしりきゅう》の者《もの》ですから、国《くに》の外《そと》には出《で》られません。」

「今《いま》、城《しろ》にいるのも特例《とくれい》で、アリシャさまのお世話《せわ》をするあいだだけなのです。」

（そう……なんだ。てっきり一緒《いっしょ》に行《い》くものだとばかり……。それじゃあ……あたしは、本当《ほんとう》にひとりになるんだな。）

だれも知《し》らない国《くに》に、たったひとりで嫁《とつ》いでいく。

（……こわい。足元《あしもと》が消《き》えていくみたい。手《て》を伸《の》ばした先《さき》も真《ま》っ暗《くら》みたい。）

「あたし……。」

行《い》きたくない。ここにいたい。

言葉《ことば》の代《か》わりに、じわりと瞳《ひとみ》に涙《なみだ》がにじむ。

「姉上《あねうえ》えっ。」

そこに飛《と》びこんできたのは、ムフルムだった。

ニナが王宮《おうきゅう》をたつ日《ひ》は秘密《ひみつ》だったが、どこからか聞《き》いてきたのだろう。

ガルガダのドレスを着《き》ているニナを見《み》て、せきを切《き》ったように泣《な》きだした。

「今日《きょう》出立《しゅったつ》ってどうしてなのですか⁉　予定《よてい》よりも十日《とおか》も早《はや》いではないですか！　アズール兄《にい》さまも留守《るす》なのに‼」

ムフルムの丸《まる》いほっぺを、大粒《おおつぶ》の涙《なみだ》がぽろぽろと流《なが》れ落《お》ちていく。

ニナは涙《なみだ》をこらえて心細《こころぼそ》さを隠《かく》し、やさしく言《い》った。

「大上皇《だいじょうこう》さまが準備《じゅんび》してくれたんだよー。アズールは忙《いそが》しいからってさ。」

「ぼ、ぼくっ。やっぱりいやです。姉上《あねうえ》っ。ずっといてくださいっ。」

しめつけられるように胸《むね》が痛《いた》くなる。その痛《いた》みを悟《さと》られないように、ニナはムフルムを抱《だ》きしめる。

「わがまま言《い》うなよ。立派《りっぱ》になれないぞ。姉上《あねうえ》はねぇ、ずっとフォルトナを見守《みまも》っているから。」

「姉上《あねうえ》ぇ……。」

泣《な》きじゃくるムフルムを、あやすようにまた抱《だ》きしめた。

「ガルガダで出世《しゅっせ》して権力《けんりょく》持《も》ったら会《あ》いに来《く》るし。ちゃんと運動《うんどう》しろよ。」

「……姉上《あねうえ》〜〜っ。なんか言《い》ってることが物騒《ぶっそう》です〜〜。」

きっといつか会《あ》える。くじけそうな気持《きも》ちが、すこしだけ前《まえ》を向《む》く。

その横《よこ》で、女官《にょかん》たちも瞳《ひとみ》をうるませる。

「アリシャさま……わたくしどもは……あ、い、あなたさまのこと……とても――……とても好《す》きでした……。」

「できれば、ずっとお仕《つか》えしとうございました……。」

母《はは》のように、姉《あね》のように、見守《みまも》ってくれたふたり。

こらえていた涙《なみだ》が、じんわりと目《め》のふちににじむ。

それでも、泣《な》き顔《がお》ではなく、笑《わら》って旅立《たびだ》ちたい。

「ふたりとも今《いま》までありがとう……。」


ニナが王宮《おうきゅう》での日々《ひび》に別《わか》れを告《つ》げているころ。

アズールはダイタスとともに、フォルトナ辺境《へんきょう》の村《むら》に向《む》かっていた。

馬《うま》で数日《すうじつ》はかかる遠方《えんぽう》である。

山道《やまみち》の途中《とちゅう》、アズールが考《かんが》えこむように馬《うま》を止《と》めた。

「アズールさま。どうかしましたか。」

「――このところ、なにかおかしい気《き》がしててな……。」

ダイタスに問《と》われ、疑問《ぎもん》を口《くち》にする。

領地内《りょうちない》で問題《もんだい》が起《お》きたから解決《かいけつ》してこいという命《めい》を受《う》けて出発《しゅっぱつ》したものの、違和感《いわかん》を覚《おぼ》える。大事《だいじ》なことを見落《みお》としているような気《き》がして、落《お》ち着《つ》かない。

それでも馬《うま》を進《すす》めて村《むら》に着《つ》くと、すぐに村長《そんちょう》が出迎《でむか》えてくれた。

「これはこれはアズールさま。このような辺境《へんきょう》によくおいでくださいました。」

「困《こま》ったことが起《お》きたと聞《き》いたのだが――。」

だが村《むら》には緊迫《きんぱく》した雰囲気《ふんいき》はなく、王族《おうぞく》のアズールが直々《じきじき》に来《こ》なければいけないほどの大問題《だいもんだい》が起《お》きているようには、とても見《み》えなかった。

「ああ……はい。それはもう解決《かいけつ》いたしました。ささ、長旅《ながたび》お疲《つか》れでしょう。お休《やす》みになるお部屋《へや》を用意《ようい》しております。」

村長《そんちょう》が愛想《あいそ》よく言《い》い、その態度《たいど》にアズールの違和感《いわかん》が決定的《けっていてき》になる。

もともと困《こま》りごとなどない。

この任務《にんむ》は、自分《じぶん》をこの遠方《えんぽう》の地《ち》に追《お》いはらうため。

「ダイタス。戻《もど》るぞ。」

馬《うま》を戻《もど》そうとすると、村長《そんちょう》があからさまにうろたえた。

「え!? あのっ。そんな。」

一行《いっこう》をここに留《と》め置《お》きたい意志《いし》が見《み》てとれ、やはり裏《うら》があるのだと確信《かくしん》する。

「だれの命《めい》だ。」

アズールが聞《き》くが、村長《そんちょう》は口止《くちど》めされているのか、青《あお》ざめるばかり。

「言《い》えぬのだな!?」

「そ……それはその……あの……。」

「大上皇《だいじょうこう》さまです。」

村長《そんちょう》に代《か》わってこたえたのは、ダイタスだった。

「どういうことだダイタス。おまえなにを知《し》っている!?」

「しかたのないことなのです。所詮《しょせん》——第二王子《だいおうじ》であるアズールさまにはガルガダの意向《いこう》を止《と》められる術《すべ》などありはしないのですから。」

つまりこの視察《しさつ》は、婚姻解消《こんいんかいしょう》に向《む》けて動《うご》いていたアズールの裏《うら》をかき、ニナをガルガダに嫁《とつ》がせる、そのための時間《じかん》かせぎ。

「俺《おれ》をはめたなダイタス!!」

「——国《くに》のためなれば。」

ダイタスの態度《たいど》に、すでにニナが出発《しゅっぱつ》したであろうことがわかる。

「どけっ。」

従者《じゅうしゃ》たちが止《と》めるのも聞《き》かず馬《うま》に飛《と》び乗《の》り、王宮《おうきゅう》へと駆《か》け戻《もど》る。

(これだったのか。違和感《いわかん》は——……。すべて俺《おれ》を遠《とお》ざけるため。)

どことなく様子《ようす》のおかしかったニナ。もう戻《もど》ってきていいはずの使者《ししゃ》は戻《もど》らず、突然言《とつぜんい》い渡《わた》される地方《ちほう》への視察《しさつ》。

(どうして。だれが——……。)

そして思《おも》い当《あ》たる。

(ニナ……おまえが!?)

ニナは王宮《おうきゅう》を出立《しゅったつ》していた。陸路《りくろ》を使《つか》った、数週間《すうしゅうかん》の旅路《たびじ》である。
フォルトナの姫《ひめ》の嫁入《よめい》りにふさわしい、たくさんの従者《じゅうしゃ》と馬車《ばしゃ》の一行《いっこう》。
「今《いま》ごろ、アズ怒《おこ》ってるかなぁ。でもしょうがないよね。止《と》められたら困《こま》るし。」
ニナは豪華《ごうか》な馬車《ばしゃ》にひとりゆられ、窓《まど》の景色《けしき》を眺《なが》める。
(止《と》められたら――。)
フォルトナの王宮《おうきゅう》が見《み》えなくなり、ずっとこらえていた涙《なみだ》があふれてくる。
(――……止《と》めに来《き》て。ほんとは行《い》きたくない。顔《かお》が見《み》たい。会《あ》いたい、もう一度《いちど》。)
馬車《ばしゃ》の窓《まど》に顔《かお》をくっつける。
アズールが馬《うま》で追《お》いかけてきてくれたらと、ありえないことを祈《いの》ってしまう。

アズールが不眠不休《ふみんふきゅう》で馬《うま》を走《はし》らせ、王宮《おうきゅう》に戻《もど》ったときには、すべてが終《お》わっていた。
女官《にょかん》たちも星離宮《ほしりきゅう》に戻《もど》っており、ニナの姿《すがた》はどこにもない。
休《やす》む間《ま》もなく、アズールは馬《うま》をガルガダへと向《む》ける。

「ここは通《とお》すなと言《い》われております!!」

「ここから国境《こっきょう》までは三日《みっか》、追《お》いつけはしません!!」

城門《じょうもん》で衛兵《えいへい》が止《と》めるのを強引《ごういん》に突破《とっぱ》し、ただひたすらにニナを追《お》って走《はし》る。

(ニナ……。ニナ。待《ま》ってろって言《い》ったよな? 必《かなら》ずなんとかすると言《い》ったろう!)

馬《うま》をむち打《う》ち、全力《ぜんりょく》で走《はし》らせ、山道《やまみち》に続《つづ》く轍《わだち》のあとを追《お》い続《つづ》ける。

次第《しだい》に日《ひ》はかたむき、やがて空《そら》の色《いろ》が変《か》わる。

夕暮《ゆうぐ》れの向《む》こうに夜《よる》がやってきて、一番星《いちばんぼし》が出《で》る。

アズールも馬《うま》も疲《つか》れはて、ようやく足《あし》を止《と》めた。

続《つづ》く道《みち》の先《さき》にいるはずのニナを思《おも》い、アズールは絶望《ぜつぼう》とともに空《そら》を見上《みあ》げた。

同《おな》じ空《そら》の下《した》。

ニナは悲《かな》しみの中《なか》で、ただ泣《な》いていた。

嗚咽《おえつ》とともに、涙《なみだ》は流《なが》れ続《つづ》ける。

フォルトナの盾《たて》となり、アズールを守《まも》る。

そのために、ガルガダの王妃《おうひ》となる。
自分《じぶん》で選《えら》んだ道《みち》だけど、涙《なみだ》は止《と》められない。
アズールがくれた、青《あお》い宝石《ほうせき》の髪飾《かみかざ》りを握《にぎ》りしめる。
ただひとつの形《かたち》ある思《おも》い出《で》。
（今《いま》だけ。泣《な》くのは今《いま》だけ……今《いま》だけだから――……。）

ふたつの王国《おうこく》のあいだ。
夜《よる》の星《ほし》は、まるで降《ふ》るようにまたたいている。

いまだけ
泣くのは
いまだけ

2024年10月10日より
TVアニメ
絶賛放送中!!
TOKYO MX
10月10日より 毎週木曜22:00〜
BS朝日 10月11日より 毎週金曜23:00〜
MBS 10月15日より毎週火曜26:30〜
ABEMAにて地上波先行・最速配信中!
ABEMA／10月7日より毎週月曜 22:30〜
ニナ／田中美海
アズール／梅原裕一郎
セト／内山昂輝
https://hoshi-nina-anime.com
詳細はココから
第46回講談社漫画賞
少女部門受賞!!
230万部突破の
極上王宮ファンタジー!!
原作
1〜14巻
大好評
発売中!
星降る王国のニナ
リカチ
NINA the starry bride
※放送・配信日時は予告なく変更になる場合がございます。予めご了承ください。
©リカチ・講談社／「星降る王国のニナ」製作委員会

＊著者紹介

もえぎ桃《もも》

青森県生まれ。おひつじ座のＡ型。千葉大学卒業。2020年、青い鳥文庫小説賞一般部門で金賞を受賞し、作家デビュー。趣味はミシンとカフェめぐり。コーヒーとスイーツがあれば幸せ！　作品に「ふたごに溺愛されてます！！」シリーズ、「トモダチデスゲーム」シリーズ（ともに講談社青い鳥文庫）などがある。

＊原作・画家紹介

リカチ

漫画家。おもな作品に『明治緋色綺譚』『昭和ファンファーレ』『星降る王国のニナ』（すべて講談社コミックスビーラブ）などがある。

この作品は講談社コミックスビーラブ『星降る王国のニナ』第１～２巻をもとにノベライズしたものです。

読者のみなさまからのお便りをお待ちしています。
下のあて先まで送ってくださいね。
いただいたお便りは、編集部から著者へおわたしいたします。
〒112-8001 東京都文京区音羽2-12-21 講談社 青い鳥文庫編集部

講談社 青い鳥文庫

小説《しょうせつ》 星降《ほしふ》る王国《おうこく》のニナ
リカチ／原作・絵
もえぎ桃《もも》／文

2024年11月15日 第1刷発行

（定価はカバーに表示してあります。）
発行者 安永尚人
発行所 株式会社講談社
東京都文京区音羽2-12-21 郵便番号112-8001
電話 編集（03）5395-3536
販売（03）5395-3625
業務（03）5395-3615

N.D.C.913 222p 18cm
装 丁 吉田優子（WELL PLANNING）
久住和代
印 刷 TOPPANクロレ株式会社
製 本 TOPPANクロレ株式会社
本文データ制作 講談社デジタル製作

KODANSHA

ISBN978-4-06-537382-8

「講談社《こうだんしゃ》 青《あお》い鳥文庫《とりぶんこ》」刊行《かんこう》のことば

太陽《たいよう》と水《みず》と土《つち》のめぐみをうけて、葉《は》をしげらせ、花《はな》をさかせ、実《み》をむすんでいる森《もり》。小《こ》鳥《とり》や、けものや、こん虫《ちゅう》たちが、春《はる》・夏《なつ》・秋《あき》・冬《ふゆ》の生活《せいかつ》のリズムに合《あ》わせてくらしている森《もり》。森《もり》には、かぎりない自然《しぜん》の力《ちから》と、いのちのかがやきがあります。

本《ほん》の世界《せかい》も森《もり》と同《おな》じです。そこには、人間《にんげん》の理想《りそう》や知恵《ちえ》、夢《ゆめ》や楽《たの》しさがいっぱいつまっています。

本《ほん》の森《もり》をおとずれると、チルチルとミチルが「青《あお》い鳥《とり》」を追《お》い求《もと》めた旅《たび》で、さまざまな体験《たいけん》を得《え》たように、みなさんも思《おも》いがけないすばらしい世界《せかい》にめぐりあえて、心《こころ》をゆたかにするにちがいありません。

「講談社《こうだんしゃ》 青《あお》い鳥文庫《とりぶんこ》」は、七十年《ねん》の歴史《れきし》を持《も》つ講談社《こうだんしゃ》が、一人《ひとり》でも多《おお》くの人《ひと》のために、すぐれた作品《さくひん》をよりすぐり、安《やす》い定価《ていか》でおおくりする本《ほん》の森《もり》です。その一さつ一さつが、みなさんにとって、青《あお》い鳥《とり》であることをいのって出版《しゅっぱん》していきます。この森《もり》が美《うつく》しいみどりの葉《は》をしげらせ、あざやかな花《はな》を開《ひら》き、明日《あす》をになうみなさんの心《こころ》のふるさととして、大《おお》きく育《そだ》つよう、応援《おうえん》を願《ねが》っています。

昭和《しょうわ》五十五年《ねん》十一月《がつ》

講談社